マクベス巡査シリーズ

完璧な主婦の死

Death of a Perfect Wife

M.C.ビートン
M.C. Beaton
松井光代〈訳〉
MATSUI Mitsuyo

文芸社

主な登場人物

〈主人公と関係者〉

ヘイミッシュ・マクベス：主人公、ロックドゥ村の巡査
ブレア警部：ストラスベイン警察署の主任警部、マクベス巡査の宿敵
ダヴィオット署長：ストラスベイン警察署の署長、ブレア警部の上司
ジミー・アンダーソン：ブレア警部の部下
ハリー・マクナブ：ブレア警部の部下
ハルバートン・スマイス大佐夫妻：ロックドゥ村の地主、プリシラの両親
プリシラ・ハルバートン・スマイス：ロックドゥ村の地主の娘、マクベス巡査の最愛の人
ジョン・ハリントン：プリシラの求婚者

〈ロックドゥ村の住人〉

ミスタ・ジョンソン：ロックドゥ・ホテルの支配人

ドクター・ブロディー：村の医師
アンジェラ・ブロディー：ドクター・ブロディーの妻
ミセス・ウェリントン：村の牧師夫人
アーチー・マクリーン：村の漁師
ペイテル：村の雑貨屋の主人
トリクシー・トマス：ロンドンから越してきた女性、B&Bローレル荘を経営
ポール・トマス：トリクシーの夫
ジョン・パーカー：ローレル荘の宿泊客
アンガス・マクドナルド：予言者

第一章

「ボクの部屋へ来ないかい？」

クモがハエに言いました。

「見たことのないほどすてきな部屋だよ」

——メアリー・ホウイット

また朝が来た。ヘイミッシュ・マクベス巡査は、満ち足りた気持ちで愛犬のタウザーを従えてロックドゥの海辺を歩いていた。もう二週間も素晴らしい天気が続いている。

頭上に紺碧の空が広がり、目の前の小さな港はにぎわい、その向こうには青い、信じられないほど青い海が、波立つ海面を照らす陽光にダイヤモンドのようにきらめいている。

太古のサザーランドの山々が、気だるい光の中で、ゆったりと村を囲むようにそびえている。入り江の対岸の〝グレイ・フォレスト〟は、丈高いまっすぐな松林、涼しく薄暗い大聖堂のようだ。早咲きの薔薇が庭の生け垣に咲き乱れ、エドワード朝の美人のようなスイートピー（エドワード七世の后アレクサンドラがこの花を好んだ）がかすかな風にゆれている。山腹では、六月に咲く早咲きのエリカの花が、緑と茶色の斑な斜面に濃いピンクのまばゆい色合いを添えている。道端にはスコットランドの釣鐘草や、黄色や紫のカラスノエンドウや白いラッパ形の西洋朝顔が咲き乱れている。

ヘイミッシュがぶらぶらと歩いていくと、ロックドゥ村の双子のオールドミス、ジェシーとネッシーのカリー姉妹が小さな庭の手入れをしていた。整然とした庭だ。貝殻の縁に囲まれて、花がきちんと列を作って並んでいる。

「いい天気ですね」

ヘイミッシュは垣根越しににっこりして声をかけた。雑草を抜いていた姉妹は腰を伸ばすと、不興気に彼を見た。

「相変わらず仕事はほっぽりだしかい」

ネッシーが辛辣に言う。メガネの分厚いレンズが陽光を受けてキラッと光った。

「それが一番じゃないですか」ヘイミッシュが陽気に言った。「犯罪なし、亭主に殴られる妻もいない、留置場に入れる酔っ払いもいない」

「じゃあ、駐在所は閉鎖だね」

「駐在所は閉鎖だね」ジェシーはツグミのように姉の言葉を何でも繰り返す。

「大の大人がふらふらうろつきまわるのは、罪深い恥ずかしいことだよ」「罪深い恥ずかしいことだ」

「それじゃ、あなた方に殺人を一つ探してきましょう。そうすりゃ、文句を言う種ができるでしょう」

「ミス・ハルバートン・スマイスが戻ってきたよ」ジェシーが意地悪くヘイミッシュを見て言った。「ロンドンから友だちを連れて」

「ここに来るにはちょうどいい時期ですよ。素晴らしい天気ですからね」

ヘイミッシュは愛想よく言った。

彼はにっこりすると、帽子にちょっと手をやり、ぶらぶらと立ち去った。だが微笑は二人が見えなくなるとすぐに消えた。彼はプリシラ・ハルバートン・スマイスを熱愛している。いつ誰と戻ってきたのだろう？　いつ彼女に会えるだろうか？　心が期待と不安でいっぱいになった。周囲がいまだに申し分のない天気なのが不思議な気がした。太陽は照り輝き、入江の静かな水面ではアザラシがのったりと身をくねらせている。

ヘイミッシュは元気を取り戻そうとした。塩とタールと松の香りがする。ロックドゥ・ホテルに行ってみよう、コーヒーにありつけるかもしれない。

ホテルの支配人ミスタ・ジョンソンはオフィスにいた。

「自分で注いでくれ」隅のコーヒーマシーンを顎で示すと、ヘイミッシュがコーヒーのカップを手に座るのを待って言った。「ウィレットの屋敷が売れたよ」

ヘイミッシュは眉を上げた。

「あそこを買う人がいるとは思わなかったな」

ウィレットの屋敷は海辺から離れた奥まったところに立つヴィクトリア調の館だ。五年も前から売りに出されていて、かなり荒れ果てている。

「二束三文だったらしい。一万ポンドだとか聞いたぞ」

「で、誰が買ったんだ?」

「トマスとかいうイギリス人だ。素性は知らん。ちょっと調べてみるのがいいんじゃないか」

ヘイミッシュはにやっとした。

「犯罪のにおいがするって？　こんな上天気の日には、悪いことなんて起こらないさ」

「気圧計が下がってるぞ」

「気圧計で天気がわかるとは知らなかった。トンメル・キャッスルはどんな具合かな？」

ヘイミッシュは何気ない風を装って訊ねた。だが、ミスタ・ジョンソンはだまされなかった。ロックドゥから数マイルのトンメル・キャッスルは、プリシラ・ハルバートン・スマイスの自宅だ。

「プリシラが友人を何人か連れて戻っているようだよ」

ヘイミッシュはコーヒーをすすった。

「どんな友人？」

「良家の坊ちゃん、嬢ちゃんたちだ。男が二人、女が二人」

ヘイミッシュはほっとした。カップルが二組のようだ。プリシラがボーイフレンドを連れてきたんじゃないかと心配でたまらなかったのだ。

「彼らに会ったかい？」

「ああ、昨夜ディナーに来たからね」

ヘイミッシュは身をこわばらせた。

「娘がホテルで友人をもてなすなんて、大佐は歓迎していないのかな？」

ミスタ・ジョンソンは困ったように言った。

「もう一週間以上キャッスルに滞在しているんだ」

そしてヘイミッシュの落胆した様子から目を背けるように天井を見た。

ヘイミッシュは飲みかけのコーヒーをそっとテーブルに置いた。

「そろそろ巡回に行ったほうがよさそうだ、おいで、タウザー」

大きな雑種犬はご主人にのっそりついていった。ヘイミッシュのつらい気持ちを察したかのように尻尾をたれて。

ヘイミッシュはホテルの前庭に並べられた真っ赤なジェラニウムの鉢の間に立って、陽光に目をしばたたいた。こんなにいい天気なのが信じられない。一週間以上前から。なのに、彼女は一度も自分を訪ねてこない。

駐在所に戻ると、裏庭を抜けて、羊に飲み水が足りているか見ようと、小さな牧場に上っていった。背中に当たる太陽が暑い。イソシギの鳴き声がヘザーの草原から聞こえてくる。頭上では、ノスリがまるでイカロスのように、一直線に太陽に向かって飛んでいく。

大きな黒山羊がトコトコ近づいてきて、ヘイミッシュに鼻面を押しつけた。ぼんやりと山羊をなぜながら、思った。トンメル・キャッスルで何が起こっているのだろう。プリシラは、この前会ったとき、彼の野心のなさをからかった。確かに彼は野心的な男ではない。気楽な生き方を楽しんでいる。この西サザーランドが好きだ。山々やヘザーの野原や、入り江の向こうの果てしなく広い大西洋が。老人たちは言う。海では伝説の怪物〝ブルーマン〟が波乗りをし、死者はアザラシになって帰ってくると。

トンメル・キャッスルへ行って、様子を見てきてもいいかな、ヘイミッシュは思った。彼の車はストラスベインの本部から支給された新車の白いランドローバーだ。ヘイミッシュの助けを借りて犯罪を解決したと評判のブレア警部の感謝の気持ちの表れであることは間違いない。実のところは、ヘイミッシュが一人で解決して、手柄を嫌われ者の警部に譲ったのだから。

村から離れ、丘の上の城へと続く曲がりくねった道を登っていくにつれ、彼の心も高鳴り始めた。なぜプリシラが彼に会いに来ないのか、理由は簡単だ。彼女の父親の大佐は、彼女と地元のお巡りとの交際に大反対だ。大佐は娘に彼とは関わり合うなと言ったのだろう。ただ、父親が癇癪を起こそうが、反対しようが、プリシラは彼に会いに来るのを止めるような性格ではないことは、努めて忘れようとした。

車を門の外の道端に停め、誰かに見とがめられる前に、中の様子を探ることにした。

車寄せをゆっくり歩いていくと、芝庭のほうから叫び声や笑い声が聞こえてきた。それで、家の前の芝生へと続く道を通らず、横の松林へ入り、松葉の上を音を立てないように歩いた。姿を見られずに、芝庭が良く見える場所を探した。

プリシラと友人たちはクロケーをしていた。

最初に目に入ったのはプリシラだった。彼女はマレットの上にかがみこんでいる。ブロンドの巻き毛が顔にかかっている。飾りっ気のない白いブラウスに、真っ赤な短い綿のスカート。細いストラップの付いたかかとの低い茶色のサンダルを履いている。次に、ヘイミッシュの注意は彼女に近寄る男に向いた。彼はマレットの使い方を教えようと、彼女を抱くように腕を回した。背が高く、短く刈り込んだ黒髪、ハンサムな顔立ち、ひげの剃り跡の青いあご。チェックのオープンネック・シャツの胸元から、黒いもじゃもじゃの胸毛が覗いている。巻き上げられた袖の下の腕は、黒い毛でおおわれ、日に焼けて頑丈そうだ。

プリシラの他に、若い娘が二人いた。二人とも裕福なチェルシーっ子のようだ。髪の毛もきれいにセットしている。服装はカジュアル。もう一人は金縁眼鏡をかけたウサギ顔の男だ。

ヘイミッシュが見ていると、プリシラは、そのヒゲもじゃの男を見て、輝くような、幸せそうな微笑みを浮かべた。ヘイミッシュは寒気がした。心が真っ暗になった。プリシラ・ハルバートン・スマイスはあの毛深いサルを、あのネアンデルタール人を愛しているんだ。彼の苦しみは鋭く激しかった。突然、プリシラの顔の微笑みが消え、周りを見回し、木々のほうに目をやった。

ヘイミッシュはそっと後ずさった。麻痺したような気分だった。悲しみのあまり、ランドローバーに戻る足取りは鉛のように重かった。

酔っ払いが酔いを醒まそうとするときのように、慎重に運転してロックドゥに戻った。薄汚れた大型のヴァンがウィレットの館の前に停まっているのが見えた。新しい住人が到着したのだ。

一人でいるよりいいかな、そう思ったヘイミッシュは、ウィレットの館の前まで行き、ヴァンの横に車を停めた。背の高い優雅な物腰の女性と、大柄な足元のおぼつかない男性が荷物を下ろしていた。

「手伝いましょうか？　村の巡査のヘイミッシュ・マクベスです」

女性がズボンでぬぐった手を差し出した。

「トリクシー・トマスです。彼は夫のポール」

彼女はヘイミッシュと同じくらい背が高かった。長く茶色い髪が肩の上で自然にカールしている。青みがかった白目の大きな茶色の目。唇は薄く、笑うと出っ歯気味になる真っ白な歯。たぶん四十五歳くらいだろう。夫のほうは、しわの寄ったピエロ顔の熊のような大男。最近厳しいダイエットをしたように見える。太っていたとき顔に張りついていた皮膚がだぶついている。小さな黒い目と大きな口、つぶれた鼻。

「大変そうですね」

「がんばってるんですけど」トリクシーが言った。「とても暑くて。ヴァンを借りたんです。引っ越し業者に頼む余裕がなくて。何とかなると思ったんですけど……」

彼女は目を見開き、口をだらんと開けて、お手上げという風に手をひらひらさせた。

「手伝いましょう」

ヘイミッシュは制帽を脱ぐと、青い制服のシャツの袖をまくり上げた。

「あら、お願いできます？　可哀そうなポールはほんとに役立たずで」

彼女は押し殺した声で言った。かすかなコックニー訛りが少し耳障りだ。

ヘイミッシュは、役立たずなどと言われてどんな気持ちだろうと、ポールを見たが、大男は機嫌よくニコニコしている。

悩みから気持ちをそらしてくれるものが見つかったのが嬉しくて、ヘイミッシュは一心に手伝った。彼とポールは家具や雑貨類や本を運び入れ、トリクシーは家の中を歩き回り、置き場所を指図した。

「もっと家具が欲しいわ。私たち二人とも失業保険で暮らしてるんです。それで、ここをB&Bにしようと決めましたの」

「ああそれじゃ、素早く準備すれば、七、八月の旅行シーズンに間に合いますよ。それに、中古の家具が欲しければ、ちょっと離れていますが、アルネスに良い店があります」

トリクシーはまた口をだらんと開けた。

「家具に充てるお金はもう全然残っていないんです。誰か地元の方で、要らない家具を持っている人はいないかしら？」

「私も何かお譲りできるかもしれない。終わったら、駐在所に来てください。何か食べるものを作りましょう」

言ったとたんに、ヘイミッシュは招待を後悔した。うぬぼれの強い男ではなかったが、彼はトリクシーが彼に色目を使っているように思えた。性的な魅力を発散して誘いかけてくる。時々偶然を装って彼にぶつかり、にっこり笑いかけた。

夫妻が駐在所に着く頃には、ヘイミッシュはなお一層招待を後悔していた。彼がキッチンで食事の支度をしている間、トリクシーは許しも得ずに、部屋から部屋へ歩き回り戻ってきた。顔を紅潮させ、目をさらに見開いている。

「あなた、暖炉を使っていらっしゃらないようね。古い石炭バケツがありますね。私たち持っていないんです。買う余裕がなくて」

トリクシーは悲し気に言った。

その石炭バケツは伯母から貰ったものだ。十八世紀の古いエナメル塗のバケツで、ヘイミッシュはとても気に入っている。彼女の目に魅入られ、断りを言いづらいことに我ながら驚いた。

「いや、冬中使うんですよ。暑い盛りに暖炉に火は入れませんが」

トリクシーは今度はキッチンの棚を物色し始めた。ホームメイドのジャムの壺を棚から下ろし、ラベルを見た。

「ストロベリー！　見て、ポール。手作りよ。私、手作りジャム、大好き」

「差し上げますよ」

　ヘイミッシュは言った。トリクシーは彼に抱き付こうとした。

「素敵な人ね」

　ヘイミッシュは彼女の腕を振りほどき、テーブルに食事の支度をした。

　ますます彼女が嫌いになってきた。どうしてこれほど嫌なのか、理由はわからなかったが。ヘイミッシュは夫のポールに注意を向けた。大男は言った。あくせく働くのをやめて、ハイランドにやって来た。B&Bで食べていくつもりだと。

「あちこち家の修理をせねばなりませんが、そう長くはかからんでしょう。そしたら、菜園を作るつもりです。かなり大きな庭がありますので」

「厄介なことに、夏の天気がこのところあまりよくなくて、海外で休暇を過ごす人が多かったんです。だが、ニュースによると、空港があまりに混むので、国内で休暇を過ごす人が増えてきているようです。ラッキーですね」

　ヘイミッシュは、彼の長い脚に押しつけてくるトリクシーの脚を避けながら言った。

「『グラスゴー・ヘラルド』と『スコッツマン』に七月と八月の予約を募る広告を出しましたの」

トリクシーが言った。

お金がないと言いながら、広告を載せる余裕があるとはおかしなことだ。それに今はもう六月の末だ。部屋の準備をするには、よっぽど急がないと。

トリクシーは腰を上げて言った。

「ご迷惑とは思いますが、もし何かちょっとした家具でもありましたら……。生活保護金で払えますので」

「オフィスの机、椅子、ファイル・キャビネット、それに電話はどれも警察本部からの支給品です。住居の部分の家具は私の物ですが、今はちょっと調べる暇がありません。何か見つかったら、知らせますよ」

やれやれと思いながら、ヘイミッシュは二人を送り出した。彼らが家へ帰っていくのを見送っているとき、天気が変わったのに気がついた。空気が湿り気を帯び、薄い雲の幕が太陽を覆っている。ゆっくりと駐在所の周りを歩き、入り江を眺めた。雨雲が湿った風に乗って海から吹き込み、黒くぬめった波のうねりの上に、その長い指を延ばしてきた。

そして、ミッジと呼ばれるスコットランドの蚊（スコットランドヌカカ）、ハイランドの疫病神がやって来た。乾いた天気がかなり長く続き、その間、ありがたいことにミッジは現れなかったが、今や群れをなして襲ってきて、目や鼻に入ろうとする。ヘイミッシュは急いでキッチンに戻ると、悪態をつき、ドアを閉めた。

幸せでのどかな時は過ぎた。天気は崩れ、プリシラが男と一緒に戻ってきた。その上、あの夫婦がロックドゥに越してきた、厄介事が起こりそうな不穏な気配を連れて。

その夜のドクター・ブロディーのディナーは大きなステーキとポテトチップスだった。妻とキッチンの丸いテーブルで。すっきりきれいな食卓なんて言うのは、とっくにあきらめている。皿は、本や雑誌、テープや返事を書いていない手紙に囲まれている。目の前の果物鉢にはペーパークリップ、ヘアピン、ねじ回しが二本、チューブ糊、それにしなびたオレンジが一個入っている。

妻は向かいに座っている。ワインボトルに本を立てかけて。ドクター・ブロディーは愛情のこもった目で妻を見た。知的な細い顔、大きな灰色の目。赤ん坊の毛のように細い髪の毛が顔にかかり、石炭で汚れた手でそれを掻き上げている。ドクター・ブロディーは満足していた。村の小さな診療所の仕事は楽しかった。時々妻のアンジェラがもう少しましな主婦だったらと思わなくもなかったが、雑然として散らかった家にももう慣れていた。

二匹のスパニエルがテーブルの下でいびきをかき、テーブルの上を猫が歩き回っている。

「今、君の皿の上を猫が歩いたよ」

「あらそう？　シッシッ」

アンジェラは上の空で言うと、猫を追い払うように手を振り、本のページをめくった。

「ウィレットの屋敷に新しい人が入ったよ」

ドクターがステーキにブラウンソースを、チップスにケチャップをかけ、グラスにワインを注いで言う。アンジェラが本から目を離した。

「ウィレットの屋敷に新しい人が入ったと言ったんだよ」

ドクターが繰り返した。

アンジェラは夢から醒めたように彼を見た。

「明日行って、挨拶してくるわ。ケーキを焼いて持って行くわ」

「君が何をするって？　ケーキがうまく焼けたことあったかな？」

アンジェラはため息をついた。

「私は料理が下手だけど、ときたまうまくいくこともあるわ。ケーキミックスを一箱買ったの。レシピ通りにやれば簡単よ」

「お好きにどうぞ。プリシラ・ハルバートン・スマイスが親父さんの処方箋をもらいに診療所へ来たよ。すぐ帰っていったが」

「それで？」

「一週間前から戻っているのに、一回も駐在所を訪ねていないらしい」

「可哀そうなヘイミッシュ。だけど、彼は気にしてないでしょ。誰にでも人気があるもの、彼」

「プリシラはとても美しい娘だよ」

「ええ、ほんとに」まったく嫉妬の混じらない声でアンジェラが言った。「ヘイミッシュにもケーキを持って行ってあげるわ」

「ストーブの上に消火器がのっているよ。知ってるね？」ドクターが警告するように言った。「ジャムを作ろうとしたとき、何もかも燃やしてしまっただろう」

「もう二度とあんなことしないわ。きっと何か他のことを考えていたのよ」

彼女は立ち上がり、冷蔵庫を開けると、その日パン屋で買っておいたトライフルの入ったガラス皿を二つ取り出した。トライフルは固いカスタードと薄い赤いジャム、それに代用クリームでできていたが、ドクターはおいしそうに食べ、赤ワインで流し込むと、タバコに火を点けた。

彼は細身の敏捷な身のこなしの五十代の小男で、頭は禿げかけている。明るい青色の目、そばかすのある顔。夏も冬も着古したツィードの上着を着ている。

夕食後、二人はリビングルームに移った。猫はまだ汚れた皿をクンクン嗅ぎながら、キッチンのテーブルの上をうろうろしている。

暖炉の火が消えていた。アンジェラは一杯になって火が点かなくなるまで暖炉の灰を掻き出さない。彼女は膝をつき、山になった灰色の灰をバケツに移し始めた。

「ほうっておけば良い。電気ストーブを点けよう」

ドクターが言った。

「いい考えね」

アンジェラは暖炉を灰だらけにしたまま立ち上がり、電気ストーブのコードをコンセントに差し込むと、スイッチを入れた。暖かい気候のときでも、彼らの家は寒かった。分厚い壁と石の床の古い建物だ。アンジェラはテーブルのところに戻ると、ぼんやりと猫をなぜ、本を持ってリビングルームに戻り、また読み始めた。

ドクターは、散らかった部屋で暮らすのにはずっと以前から慣れていた。妻が、しばしばもうこんな状態は耐えられないと感じていると知ったら、大層驚いただろう。

アンジェラは本腰を入れて取りかかり、徹底的に掃除をしようと思うことがよくあったが、そのたびに気持ちが落ち込んだ。気晴らしに女性雑誌を読んだこともあったが、今ではちらっと見るのも耐えられない。完璧なキッチンや清潔なレースのカーテンの艶やかな写真に、自分の無力さを嫌と言うほど思い知らされる。

だが、次の日の朝、夫の朝食——揚げたブラック・プディング、ハギス、ベーコン、ソーセージ、揚げパン、それに卵二個を用意した後、アンジェラはやる気がわいてきた。目的がある。有能な主婦らしく、ケーキを焼いて、新しいお隣さんに届けるのだ。

『ジョゼフのレディ・ミックス』の箱裏のレシピを読んだが、不満だった。本当に〝レディ・ミックス〟（全部混ざっている）と言うなら、どうして中に入っているはずの卵やミルクや塩やら何やらを入れる必要があるのだろう？

ケーキ型はどこだろう？　犬の水飲み容器に使っていることを思い出した。ケーキ型の水を捨て、代わりにスープ皿に飲み水を入れてやった。ペーパータオルで型を拭くと、油を塗り、作業を開始した。

午後、彼女はウィレットの、いや、トマスの屋敷に向かった。自分のことを誇りに思いながら。まるでクッションに載せた王冠のように、クリームをたっぷり塗ったスポンジケーキを捧げ持って。

古いヴィクトリア調の屋敷の周りで、大勢の人が動き回っていた。地元の漁師のアーチー・マクリーンが小さなテーブルを運び入れている。牧師の奥さんのミセス・ウェリントンは窓を拭いている。農家のバート・フックは屋根に上って、樋の掃除をしていた。

玄関が開いていたので、アンジェラは入っていった。背の高い女性が出てきた。

「トリクシー・トマスです。まあなんて見事なケーキ！　ケーキは大好きなんです。でも、失業中で、生活保護で暮らしているので、贅沢はできませんの」

アンジェラは自己紹介をした。

「休憩しようと思ってたんです。みんなでケーキをいただきましょう」とトリクシーが言い、アンジェラはたまらなく得意な気分になった。

キッチンに行くと、夫のポールが壁を洗っていた。

「どんな役立たずにも使い道はあるものよ」トリクシーが悲し気に小声で言い、その後声を大きくして「あなた、お医者様の奥様がおいしいケーキを持ってきてくださったわ。一休みして、コーヒーにしましょう。お座りになって、アンジェラ」

アンジェラは真新しい赤と白のギンガムチェックのテーブルクロスをかけたテーブルに着いた。キンバエが窓辺をブンブン飛び回っている。

「殺虫スプレーをお持ちじゃないんですか？　今日はハエがとてもうるさいですね」

アンジェラが言った。

「スプレーはオゾン層をひどく破壊するんですよ。昔風のハエ取り紙を使わなくては」

トリクシーが言った。

彼女は新品に見えるコーヒーメーカーでコーヒーを淹れながら、肩ごしに言った。

「自家製の豆を挽いてますの」

ポールはとっくに席に着き、食いしん坊の子どものように、ケーキを見つめている。

「ほんの少しだけですよ。あなた、ダイエット中でしょ」

妻が言った。

アンジェラは感心してトリクシーを見つめた。トリクシーはブルージーンズの上に大きなポケットの付いた白いリンネルのスモックを着て、スニーカーを履いている。スニーカーは草のシミ一つなく真っ白だった。アンジェラは惨めな気持ちで、だぶだぶのスカートの布ベルトの上にずり上がった、しわだらけのブラウスを引っ張った。自分がだらしなく薄汚く思えた。

「さあ、ケーキをいただきましょう」

トリクシーがナイフを取り出した。ポールは待ちきれないように、テーブルに身を乗り出している。

トリクシーがケーキにナイフを入れて、切り分けようとしたが、中が生焼けだった。黄色い生地がどろりと流れ出た。

「あら、何てこと。食べないでください。どうしてこんなことに。ちゃんと箱のレシピ通りに作ったのに」

「大丈夫ですよ。私が食べますから」

ポールが言った。

「あら、だめよ」トリクシーは言いながら、「まったく男って」と言うように共謀者めいた微笑みを浮かべて、アンジェラを見た。

「私ってほんとにだめなんです」

アンジェラが嘆いた。

「大丈夫。作り方を教えてあげましょう。ミックスを使わないで、最初から作っても簡単にできますよ。でも、持ってきていただいただけでも嬉しいわ」

トリクシーは夫の手の届かないところへケーキを移した。彼はため息をつき、よろよろ立ち上がると、仕事に戻った。

「私、何一つまともにできないんです。家事はほんとに何にもできなくて。家はごみ箱みたいな有様で」

アンジェラが言った。

「長く放りっぱなしにしすぎたんじゃないかしら」トリクシーが同情するように言った。

「誰かお掃除の人を頼めばいいんじゃない?」

「あら、とんでもない。ひどい有様ですもの。まず自分で片付けないと、お掃除の人にとても見せられないわ」

「手伝ってあげますよ」トリクシーはにっこりしてアンジェラに言った。「私たちお友だちになれそうね」

アンジェラは顔を赤くし、当惑しながらも喜んでいる様子を見られまいと横を向いた。村の婦人たちとはうまくいっていない。実際、自分の散らかった家のことなど、誰にも話したことがなかった。

「あなたにお手伝いしていただけるとは思えませんわ、トリクシー」

そう言いながら、アンジェラは自分が現代的で大胆に感じた。というのも、村では知り合って長い年月が経つまで、お互いをミスタ誰々とかミセス誰々とか名字で呼び合う習慣だったから。

「取り引きしましょう」トリクシーが言った。「あなたのお家へ一緒に行って、もし何か放り出してもいいような古い家具があれば、いただきたいわ。それをお掃除の手間賃にしましょう」

「すてき」

アンジェラは、いろいろ世話をやいてもらった子どもの頃以来、感じたことのない幸せな気持ちになった。

だが、家に近づくにつれて、トリクシーに来てもらわなければよかったと思い始めた。暖炉や絨毯に灰が散らかったままだし、キッチンには油汚れがべったりと張りついている。

トリクシーは家に乗り込むと、袖をまくり上げ、部屋から部屋へと歩き回った。

「すぐに始めるのが一番よ。他のことは何にも考えないで」

きっぱりと言った。

トリクシーは働いた。その手があちらへこちらへ飛ぶように動く。驚くほどてきぱきしていた。油汚れは消え、表面がピカピカになり、本は本棚に戻った。魔法みたい、アンジェラは思った。メリー・ポピンズのよう。アンジェラは新しい先生にまごまごとついて回った。あれこれ指図されるのが嬉しくて。まるでここが自分の家ではなく、トリクシーの家のようではあったが。

「まあ、これが手始めね」

とうとうトリクシーが言った。

「手始めですって！」アンジェラは驚いた。「こんなにきれいだったことは一度もないわ。なんとお礼を言っていいか」

「何か要らなくなった古い家具があるんじゃないかしら？」

「ええ、もちろん。きっとどこかにあると思いますけど」

アンジェラは途方に暮れて言った。

「リビングルームの隅の、あの古い椅子はどうかしら？」

「ああ、あの椅子？」

ビーズと刺繍入りのカバーがかかった肘掛のない椅子だった。

アンジェラはほんの一瞬ためらった。あれは祖母からもらった椅子だ。だが、誰も座ったことがないし、この新しい家事の女神への彼女の感謝の気持ちは、計り知れないほど大きい。

「いいですとも。夕方、夫に車であなたの家まで運んでもらいましょう」

「その必要はないわ」トリクシーは逞しい腕で椅子を抱え上げた。「自分で運ぶから」

アンジェラは重すぎると反対したが、トリクシーは聞かなかった。庭木戸まで送っていき、アンジェラはまるで恋人に言うように恥ずかし気に訊ねた。

「次はいつお会いできます？」

ドクター・ブロディーは往診などで出かけていることが多く、彼女は一人で過ごすことが多い。三十年前若い医学生だったジョン・ブロディーと結婚して以来、彼女は働いたことがない。子どもはできなかった。両親は亡くなっている。結婚して以来の年月を読書にだけ慰めを見出して何とか過ごしてきた。

トリクシーは振り向いて言った。

「明日会いましょう」

アンジェラはにっこりした。若やいだ幸せな気分だった。

「ではまた明日」

ヘイミッシュ・マクベス巡査が庭木戸にもたれていると、トリクシーが椅子を持って通りかかった。

「手伝いましょうか?」

「いいえ、結構です」

トリクシーはさっさと通り過ぎた。

ヘイミッシュは遠ざかっていく後ろ姿を見送った。どこかで見た椅子だ。ロックドゥの家々のいろいろな部屋を思い浮かべた。ドクターのところのだ! 絶対そうだ。

ヘイミッシュはドクターの家へブラブラと歩いて行き、勝手口に回った。ハイランドではトマスの屋敷以外、正面玄関を使う家は他にない。

「お入りなさいな、ヘイミッシュ。コーヒーはいかが?」

アンジェラは、勝手口から中を覗いているひょろっとした赤毛の巡査に声をかけた。

「ええ、ありがとう」

ヘイミッシュはキッチンに入り、驚いて目をパチパチさせた。ブロディー家のキッチンがこんなに片付いているのは見たことがない。アンジェラは嬉しくてたまらない様子で、トリクシーが手伝ってくれたのだと言った。

「彼女が運んでいったのはあなたのところの椅子かな?」

「そうよ。可哀そうに、家具をほとんど持っていないんですって。B&Bを始めようっていうのに。あれはおばあさまのくたびれた古い椅子なの」

ヘイミッシュは素早く考えた。B&Bを始めようとする人は、使い勝手の良い中古品を欲しがるものだが、あの椅子は価値のあるものだろうか、少し心配になった。だが、彼はアンティークのことなど何も知らない。

ハエが台所を飛び回っている。

「ドアを閉めないと。嫌なハエね」

「殺虫スプレーがあるでしょう」

「スプレーはオゾン層に穴を開けるのよ」

「そうかもしれんが、キッチン中にハエがうじゃうじゃいたら、環境のことなど言っていられんで」

いらいらすると、ヘイミッシュはハイランド訛りが強くなる。どうも、オゾン層の破壊という言葉はトリクシーから出たものらしい。だが、トリクシーの言っていることは正しい。ではなぜこんなに腹が立つのか？

しばらく噂話をしてから、ヘイミッシュは立ち上がって、外へ出た。小雨が降っている。入り江にも雨が降り注いでいる。空気は暖かく湿っぽかった。

そのとき、駐在所の側にボルボが停まっているのが見えた。プリシラが車から降りてきた。ヘイミッシュは駆けだした。

第二章

おお愛よ、彼女は汝にこれをなしたのか？
ああ、私はどうなってしまうのか？

——ジョン・リリーの詩『カンパスペ』より

駐在所が近づき、ヘイミッシュは歩く速度を緩めた。喉がカラカラで胸もドキドキしていたが、何気ない風を装った。
だがプリシラに話しかける前にプライドを取り戻した。彼、ヘイミッシュ・マクベスは、サルのような見かけの男に、目をキラキラさせるような悪趣味な女の尻を追いかけたりするものか。

「こんばんは、プリシラ」

「早くキッチンのドアを開けて。私、生きながら食べられてるわ、どうしてあなたには蚊が寄りつかないの？」

「虫除けを塗っているからね。ドアは開いている。私を待っていなくても入れるよ。何か用かい？」

プリシラはキッチンのテーブルに着き、アノラックのフードを脱いだ。

「父から新しい住人に挨拶をしてこいと言われたの」

そうだろうとも、ヘイミッシュは寂しく思った。領主のお嬢様役を演じるついでに、土地のお巡りのところにちょっと寄ってやろうと思ったたってことだ。

「あの人たちをどう思った？」

薬缶を火にかけながらヘイミッシュが訊いた。

「とても感じのいい人たちね。奥さんはなかなかしっかりした人だわ。ドクター・ブロディーの奥さんが手伝いをしてた。ミセス・ブロディーはとうとうお友だちを見つけて嬉しそうだわ、もちろんそうよね」

「なぜもちろんなんだ？」

ヘイミッシュは慎重に茶葉を量ってティーポットに入れた。

「ミセス・ブロディーは孤独なの。たぶん学者を目指してたのよ、論文を書いたり、博士号を取ったりするような。頭はとてもいいけれど、自信がまったくなくて、世間的な常識もあんまりない。トリクシー・トマスはそんな彼女をがっちり捕まえた。明日ミセス・ブロディーはパーマをかけるそうよ」

「パーマなんかかけなきゃいい。あの赤ちゃんみたいにフワフワした髪が彼女に似合ってるのに」

「あら、彼女は幸せなのよ。パーマはいずれとれるし」

ヘイミッシュはお茶のカップをプリシラに渡し、自分にも注いで、彼女の向かいに座った。

「夫のポールはどう思った？」

「いい人よ。でも何もできない子どもみたい。トリクシーは彼を働かせるのは大変でしょうね。B&Bの準備も全部彼女一人でやっているようよ」

「それか、そう見せかけているかだ。家具が欲しいと言わなかったかい？」

「言ったわ。でも父に頼んでちょうだいと言ったの。私のものなんて何もないから」

「君はもう一週間以上前からロックドゥに戻っていたようだね」

プリシラは、ヘイミッシュの静かな探るようなハシバミ色の目を見た。

「すぐにあなたに会いに来ようと思ったのよ」言い訳するように言った。「でも時の経つのが早くて。お友だちを連れてきたの。明日みんな帰るのよ」

「どういう人たちなの?」

「あら、ただの友だちよ。サラ・ジェームズと妹のジャネット。デービッド・バクスターとジョン・ハリントン」

「ちらっと見たよ」ヘイミッシュはさりげなく言った。「車で通り過ぎるとき。あの毛深いやつは誰だい?」

「日焼けしたハンサムな人? ジョンよ」

「何者だい?」

「とても羽振りのいい株式仲買人よ」

「ヤッピーにしたらちょっと歳がいってそうだな」

「ヘイミッシュ、あなたがヤッピーを軽蔑するような人だとは思わなかったわ。実際、彼は若くないわ。三十歳よ」

「私と同じくらいだ」ヘイミッシュはそっけなく言った。

「とにかく、彼は勤勉で野心家よ。グロスターに週末用のすてきな農家を買ったんですって。九月に私が戻ったら、連れて行ってくれるそうよ。私、コンピューターを勉強しているの。八月にまた新しい学期が始まるわ」

「で、君は彼を愛しているのかい？」

ヘイミッシュは感情を殺して訊いた。

プリシラは赤くなった。

「わからない。ええ、たぶんね」

ヘイミッシュは彼女を殴ってやりたくなった。もし彼女が「ええ、愛してるわ」と言ったら、希望はまったくなくなる。そうすればかえって楽になっただろう。だが、彼にはわかっていた。恋している者はそれに何の疑いも持たず、〝たぶん〟なんて言わない。そうとは知らず、彼に一縷の望みを与えた彼女を恨めしく思った。

だが彼女には何の責任もない。プリシラに関しては、ヘイミッシュはただの友人、それ以上ではないのだから。

プリシラは話題を変えた。

「クノーザンの事件の後、あなたは昇進するものと思ってたわ」

「言っただろう。私は昇進を望まないって。ここがとても居心地がいいんだ」

「ヘイミッシュ、進歩したいと思わない人って、その、未熟っていうか……」

「君自身も野心家というわけじゃないだろう、ミス・ハルバートン・スマイス。それとも、野心家と結婚することで、自分の野心を満たそうとする昔風の娘なのかい？」

「このお茶、むかつくわ」プリシラが言った。「あなたにもむかつく。普段はとても愛想良くて、気持ちのいい人なのに」

「プリシラ、君は今、私のことを未熟な怠け者と言ったんだよ。そんな人に愛想良くできるかい？」

「そうね」プリシラは彼のジャージのジャケットの袖を押さえて言った。「ごめんなさい、ヘイミッシュ。最初からやり直しましょう。私は今来たばかりで、あなたはおがくずみたいな味のお茶を淹れてくれて、トマス夫妻のことを話しているところ」

ヘイミッシュはほっとした。ニヤッと笑って彼女を見た。彼は二人の間のいつも通りの気楽な友人関係が気に入っている。それを失いたくなかった。

プリシラも微笑み返して、ため息をついた。ヘイミッシュは背が高く、ひょろっと痩せて、まったく野心がない。だが、彼が笑うと、ハシバミ色の目が面長な顔の中で細くなり、古風な汚れのない世界に戻ったような気がするのだ。そんな世界をジョン・ハリントンはまったく知らないし、決してなじむことはないだろう。

「そう、トマス夫妻。ミセス・トマスは人に仕事をさせるのが上手よ。村の半分が、食事を運んだり、家の修理をしたりして手伝いに行ってるわ」

「どこから来たのかな？」

「エッジウエアよ、北ロンドンの」

「ロンドンには仕事がいろいろあるだろうに。こっちの北のほうとは違って。なぜ失業手当を受けていたのかな？」

「ロンドンでは受けていなかったと思う。ここへ来るために仕事を辞めたのよ。ここに来てから失業手当を受け始めたんじゃない？　彼らのことが気になるの？」

「厄介事を起こしそうな気がするんだ」

ヘイミッシュがゆっくりと言った。

勝手口のドアにノックの音がして、ヘイミッシュが開けに行った。ジョン・ハリントンが立っていた。

「プリシラはいますか？　車があるんだが」

「ここよ」

プリシラは言って、立ち上がった。彼女は二人を紹介した。ジョン・ハリントンはハンサムな顔に感じの良い笑みを浮かべた。

「長いこと出かけてたね。チラ、他の三人も外で待ってるよ」

プリシラとジョンは去った。ヘイミッシュはオフィスへ行き、ぼんやりと書類を取り上げ、また戻した。チラだって！　なんという呼び方。外で笑い声がした。ジョン・ハリントンの声が聞こえた。

「チラが何をしていたか、当てられっこないよ。村のお巡りとお茶を飲んでたんだ。チラ、君には驚かされるよ！」

他の仲間も一緒に来たに違いない。

ヘイミッシュは机の前に座った。プリシラのことをほとんど何も知らないと思った。彼自身は、あんな仲間たちとは長くは付き合えないと思う。だが、嫉妬が彼の判断を曇らせているのかもしれない。

ドクター・ブロディーはその夜帰宅すると、いぶかし気に周りのにおいを嗅いだ。家具の艶出しと消毒剤のにおいが充満している。アンジェラは掃除でくたくたに違いない。だがもちろん、以前から家がきれいになればよいと思っていた。食卓に着いた。

アンジェラはカレーとライスのレトルトパックを二つ鍋から取り出すと、パックを開けて、二枚の皿に入れた。

「ラッフルズはどこだい？」

ドクターがマンゴーチャツネをカレーにかけながら言った。

「庭に出したの。食事の間テーブルに上ってくるでしょ。猫はバイ菌だらけなのよ」

「長い年月の間に、私たちはラッフルズのバイ菌には免疫ができたと思うがな」言いながら、ドクターは銘柄の入っていない簡素なビンのクラレットをグラスに注いだ。「なぜ突然ラッフルズのバイ菌を怖がり始めたんだい？」

「トリクシー・トマスが猫は危険だと言うの。それに、あちこちに毛が落ちているのには、もううんざり」

「可哀そうなラッフルズ」

ドクターが言ったが、妻はもう本の世界に戻っていた。

ドクターはカレーを食べ終えた。

「デザートはないのかい？　こういうインスタントの食事の欠点は、満腹にならないことだよ」

アンジェラは立ち上がった。

「バタースコッチ・プディングを作ったの。トリクシーに教わって」

彼女は夫の前にプディングの皿を置いた。一口食べて、驚いた夫が眉を上げた。

「おいしい、とてもおいしい。君すごいね」

「トリクシーが手伝ってくれたからよ」

「そうか、トリクシーさまさまだな」

ドクターは満足げにピカピカのキッチンを見回して言った。

だが、ドクターは数週間後、その言葉を後悔することになる。

夏が七月へと入り、日が長くなり不快な天気が続いた。断続的に雨が降り、湿った暖かい風がハエや蚊の大群を連れてきた。トリクシーは家の外に看板を掲げた。〝B＆Bローレル荘〟。早くも客が入っていた。グラスゴーから来たやつれた顔の婦人。騒がしい不健康そうな子どもたちを引き連れている。もう一人は、痩せた寡黙な男。幽霊のように村をうろついている。

ヘイミッシュはトマス夫妻を避けていたが、ある日、ポールが庭仕事をしているのを見かけた。トリクシーの姿がないので、近づいた。

大男はヘイミッシュに気づくと、立ち上がり鋤に身を持たせかけた。

「菜園を作ろうと思って。骨が折れるよ。ここは長いこと鋤き返されていなかったようで」

「奥さんは？」

「ああ、出かけたようだ、インヴァネスへ、たぶん」

「だいぶ手こずってますね」ヘイミッシュは同情して言った。「アーチー・マクリーンがロータリー耕運機を持っていますよ。ご存じでしょう、土を掘り返す機械。漁に出ていなければ、貸してくれると思いますよ。一緒にアーチーの家へ行って、頼んでみましょうか？」

「それはありがたい」

ポールは鋤を放り出すと、ズボンで手をぬぐい、庭から出てきた。

「ロックドゥはロンドンとはちょっと違うと思うでしょう」

ヘイミッシュは、防虫剤を取り出して顔に塗りながら言った。

「ここなら何かできると思ったんだ」ポールは言った。「出直しです。これまでほとんど何もできなかった。トリクシーは素晴らしい人だ。彼女がいないと、私はどうしていいかわからない」

「ロンドンでは何をなさってたんですか？」

「ああ、あれやこれや。厄介だったのはひどく太っていたこと。動くのが大変で。太れば太るほど、食べたくなって。そんなとき、トリクシーがつむじ風のように私の生活に入り込んできて、有無を言わさずダイエットさせられた。私は母から遺された家を持っていたんだが、トリクシーはその家を売って、そのお金でここに家作を買おうって言った。私は庭仕事をしたいと思ってる。何か物を育てるというのは、私にはとても大事なことなんで。わかってもらえるかな？」

ヘイミッシュはうなずいて言った。

「でも、劇場やら映画館やら、都会の楽しみがなくて寂しくありませんか？」

「いいえ、そんなに楽しくなかったので。ここは静かで、村の人たちは親切だし。いろいろ手伝ってくれる。でもそれは、トリクシーのおかげなんだ。みんな彼女が好きだから。彼女も村のためにいろんなことをしようとしているし。ロックドゥ野鳥観察&野鳥保護協会を計画している。今夜教会で最初のミーティングが開かれるようだよ」

「子どもたちは喜びそうだな」ヘイミッシュは考えながら言った。「鳥の保護が行きすぎないといいが。中には脅しをかけてくるような団体もあるんです。オオアジサシやら何やらの巣があるから、泥炭《ピート》を掘るなとか。でも、ミセス・トマスは変わった種類の鳥の発見なんかに興味があるだけでしょう?」

「たぶんね。だが、彼女は何でも徹底的にやるのが好きだからね。それに、〝ロックドゥ浄化運動〟というのも始めているよ」

「道徳的な?」

「いや、ゴミの」

ヘイミッシュは海辺沿いの道路を見渡した。紙屑一つ落ちていない。

「それに、禁煙団体を作って、ドクター・ブロディーに会いに行くようだ」

「そりゃあ、危険だ。ドクターは煙突みたいにタバコをふかしていますよ」

「ああ、知ってるよ。トリクシーは、医者としてあってはならないことだと言ってる。患者をみんな癌に罹らせかねないって。それに、ドクターにダイエットさせなくっちゃとも。アンジェラがドクターにどんな食事をさせているか知ってるかい？　ポテトチップスとかそんなものばかりだ。コレステロールが多すぎる」

ヘイミッシュは嫌な気がした。

「人のことにくちばしを挟むのはどうかな。ドクターは五十七歳だが、四十歳ぐらいにしか見えないし、私が知る限りじゃ、病気なんてしたことがありませんよ」

「いや、ドクターにとって何が最善か、トリクシーが一番よく知ってるよ」

ポールがのんびりと言った。

二人は黙って歩いていった。ヘイミッシュはデービッド・カリーを思い出した。以前ロックドゥに住んでいたひょろっと痩せた男だ。暴君の母親を敬愛していた。「何が一番良いか母さんが知っている」というのが彼の一番好きな言葉だった。ところが、ある夜、彼は酔っぱらって、斧を持って母親を町中追い掛け回した。ヘイミッシュはおびえる母親を救出に駆けつけた。その後カリー一家はエジンバラへ引っ越していった。デービッドはエホバの証人の先導者になったと聞いた。

アーチー・マクリーンは家にいた。彼はヘイミッシュを見てにっこりしたが、後ろにいるポールを見て微笑が消えた。耕運機を貸してくれたが、ポールに対してはひどく冷たい態度だった。なぜだろう？　ヘイミッシュは思った。

ヘイミッシュとポールは午後ずっと機嫌よく働いた。その後駐在所に帰ってお茶を飲むことにした。ティーポットとマグを二つ、チョコレートビスケットを入れた皿をキッチンのテーブルに置いたとき、オフィスの電話が鳴った。

ポールを台所に残し、オフィスへ行って電話に出た。ストラスベインのブレア主任警部だった。

「調子はどうだ。田舎の兄ちゃん？」

「快調です」

「変わったことはないか？」

「いえ、何も」

「そりゃ、よかった」ブレアがうなった。「おい、新しい警察署長のピーター・ダヴィオットがロックドゥ・ホテルに釣りに行く。姿を見せるな」

「なぜです？」

「お前のためだ、阿呆。お前が仕事をせずにぶらついていたら、駐在所を閉めてしまうかもしれん」

「他には何か？」

「いやそれだけだ。ダヴィオットに見つかるな、わかったな」

ブレアはバシンと電話を切った。

ヘイミッシュはしばらく考えて、ロックドゥ・ホテルの支配人ミスタ・ジョンソンに電話を掛けた。

「放し飼い鶏の卵一か月分無料で提供というのはどうだい？」

「いいね」支配人が答えた。「サルモネラ菌が怖いから、みんな放し飼い鶏の卵を欲しがるんだ。もちろん、放し飼い鶏の卵ですよと言っている。コーヒーに浸けて茶色くしたり、殻に鶏の羽根をちょいとつけたりして、本物らしく見せてはいるが、食中毒を起こしていないのは、ただ幸運なだけだ。で、引き換えに何が欲しい？」

「ミスタ・ダヴィオットがホテルにいると思うが」

「ああ、今お着きになったところだよ」

「今夜ディナーを二人分予約したいんだ」

「ああ、いいとも。だが、シャンペンは注文するなよ」

ヘイミッシュはトンメル・キャッスルに電話を掛けた。執事が出て、ヘイミッシュはプリシラと話したいと告げた。

「どちらさまでしょうか？」

執事が疑わしそうに言う。

「ジェームス・フォザリントン」

非の打ちどころのない上流階級のアクセントで答える。

「かしこまりました」

執事の声が丁寧になった。

プリシラが電話に出た。

「ハロー、ヘイミッシュ、あなたでしょう？」

「そうだ。今夜ロックドゥ・ホテルでディナーはどうだい？」

長い沈黙。ヘイミッシュは受話器を握りしめた。

「いいわ」ついにプリシラが言った。「でも割り勘にしましょ。あそこのお食事、どんどん値段が上がっているもの」

「金ならあるよ」

ヘイミッシュは気を悪くしたように言った。

「わかったわ、何時に？」

「八時に。それで、えっと、プリシラ……何かゴージャスなドレスを着てきてくれるかい？」

「理由を尋ねてもいい？」

「いや」

「いいわ、じゃあね」

ヘイミッシュはキッチンへ戻った。ポールの姿はなかった。それにビスケットも全部。その上、皿にはジャムの跡があった。なんとまあ、チョコレートビスケットをジャムと一緒に食べるとは。歯が一本でも残っているのが不思議なくらいだ。


その夜、ドクター・ブロディーが食卓に着くと、目に前にピンクのワイルドライスの皿が置かれた。アンジェラがペリエをコップに注ぐ。「これは何だ？」得体の知れない皿の中身をフォークでつつきながらドクターが訊いた。「ツナ・フィッシュ・ライスよ」アンジェラが得意げに言った。「缶詰のツナをブレンダーにかけて、ペースト状にしてワイルドライスと混ぜるだけなの。全粒粉パンも食べてみて。私が焼いたのよ」

ドクター・ブロディーはそっとフォークを置いて、妻を見た。髪の毛全体にウェーブがかかっている、まるでカツラのようだ。銀色のハイライトが入っている。苺の刺繍が入ったスモックを着て、新しいブルージーンズに、真っ白なスニーカーを履いている。妻の様々な変化に文句を言ったことはない。彼女が新しいことに興味を持つのを喜んではいたが、そのうち飽きて、元の彼女に戻ってくれると思っている。だが、今日は長い面倒な一日だった。空腹で疲れていた。家じゅうが新しいピンのようにピカピカだが、無菌室のように居心地が悪かった。

ドクターはフォークを置いて立ち上がった。

「どこへ行くの？」

「まともな食事をしにロックドゥ・ホテルへ行ってくるよ。新しいシェフが来たらしい。一緒に行くかい？」

「バカなこと言わないで」アンジェラの目に涙が浮かんだ。「一日中働いたのよ。掃除をして、パンを焼いて……」

ドクターは部屋を出て、後ろ手にそっとドアを閉めた。

アンジェラは座って泣き続けた。ジャンクフードばかり食べて、安いワインを飲み、タバコを吸い続けるなんて自殺行為よと、トリクシーが言った。すべて夫のためにしたことなのに、彼は鼻で笑った。やっとのことで彼女は涙をぬぐった。今夜は野鳥の会がある。トリクシーが来るだろう。彼女ならどうすればいいか知っている。


ミセス・ダヴィオットが夫の警察署長に言った。

「あのカップル、有名人かしら」

署長はメニュー越しに彼らを見た。仕立ては良いが少し古い形のディナージャケットを着た、燃えるような赤毛の背の高いやせぎすの男が、背の高いブロンドの女性を連れて入ってきた。彼女はストラップのない翡翠色のドレスを着ている。フリルのついたスカートはとても短く、緑色のシルクのハイヒールを履いている。注文を取りに来たウエイターに署長が訊いた。

「彼らは宿泊客かい？」

「いいえ、ミス・ハルバートン・スマイスと、村の巡査のミスタ・マクベスです」

「こちらでご一緒するようお願いして」

署長夫人がねだった。彼女は社交界で成り上がりたい俗物で、ハルバートン・スマイス家の一員とディナーをしたと、友人たちに吹聴したくてたまらなかった。

じきに、ヘイミッシュとプリシラは署長夫妻と同席することになった。

「お互い名前で呼び合いましょうよ」と署長夫人。「私はメアリー、主人はピーターです」

「こちらはプリシラとヘイミッシュ」

ヘイミッシュはブレアに嫌がらせをするために、一夜をふいにすることになった自分の思いつきを呪った。そうでなければ、プリシラと二人きりで過ごせただろうに。

署長夫人は小柄で肥満気味、ごてごてしたドレスを着ている。イングランド風にしゃべろうと必死になるあまり、スコットランド風のアクセントが妙な具合になっている。夫のほうは、小柄で痩せている。灰色の髪、灰色の目、顔も灰色。

「君がマクベスか」

彼は探るようにヘイミッシュを見た。

「ヘイミッシュと呼んでください、ピーター」

ヘイミッシュが親しげに言った。

メニューを決める間しばらく皆が黙り込んだ。

「とんでもなく高いな」署長がウエイターに言った。「全員定食にしよう」

「君は違うものがいいんじゃない？」

ヘイミッシュがプリシラに訊いた。

「いいえ、定食でいいわ」

プリシラが控えめに言う。

ヘイミッシュは、彼女が警察署長に会うためのだしに使われて腹を立てているのがわかり、気持ちが沈んだ。

「グロリアスの準備はできまして？」

署長夫人がプリシラに訊ねた。

プリシラが眉を上げた。

「栄光の十二日《グロリアス・トゥエルフス》（ライチョウ狩りの解禁日、八月十二日）のことですよ」

「たぶん父は。私はもう狩猟はやらないんです。ライチョウの数が減ってますから」

ヘイミッシュは上等のクラレットのボトルを注文した。ヘイミッシュからワインリストを渡されて、署長は言った。「君たちだけ飲むがいい」

「男がライチョウ狩りの際に射殺された事件に君も関係していただろう」

「ええ」

「事件のことを話してくれ。あのとき私はまだストラスベインにいなかったんだ」

ヘイミッシュは話し、プリシラのほうは、署長夫人とのいやに気取った割には低級な会話を耐え忍ぶしかなかった。

コースの最初の料理が来た。サーモンのムース。魚の形をしていてとても少量だ。緑色のケッパーの目がヘイミッシュをにらみつけている。

「ここのシェフはヌーベル・キージンで有名だそうですよ」と署長夫人が言った。

「ヌーベル・キュイジーヌは好きではありません。あまりに少なくて食べた気がしないんですもの」

プリシラが言った。

彼女はちらっとヘイミッシュを見た。署長との会話を楽しんでいるようだ。ヘイミッシュは彼にそれほど好感は持てなかったが、頭の切れる警官であることはわかった。

プリシラはここ数日ジョン・ハリントンのことをまったく考えなかったことに気づいて、我ながら驚いた。だが今、彼が奇蹟的に現れて、ダイニングルームから彼女を連れ出し、彼女のドレスやイヤリングやネックレスを物欲しそうに値踏みしている署長夫人の目から引き離してほしいと心から願った。

次の料理は〝ボニー・プリンス・チャーリー〟と名付けられたヒレ肉のステーキだった。小さな丸いトーストの上に小さなヒレ・ステーキがのっている。花の形のマッシュルームとラディッシュが二つずつお皿を飾っている。インゲン豆形のサイドディッシュには、薄切りのニンジンが数枚、サヤエンドウがほんの少し。ヘイミッシュは、放し飼い鶏の卵の供給を、最初考えていた数の三分の二にしようと決め、急いでやって来る支配人のミスタ・ジョンソンを腹立たしい気持ちで見た。

「問題ございませんか？」後ろで大きな音がして、支配人は振り向いた。ドクター・ブロディーが椅子を蹴り倒し、ダイニングルームから猛烈な勢いで出て行った。

「失礼します」

支配人はドクターの後を追って出て行った。

「ロックドゥでは殺人事件など起こらないだろう」

署長が訊いた。

「そう願いたいものですが、村の中に、暴力の種があるようです」

「どういうこと？」

署長夫人が訊ねた。

「殺人に結びつきかねない状況や敵意を作り出す人がいるということです」

「そんなことは信じられんな。殺人犯は、酒かドラッグか、その両方かをやってるやつだ。それか、生まれつきの悪党か。人に殺人をさせようなんてやつはいないよ」

「いると思います」プリシラが言った。「よくあるのは自殺という形をとって。自分では直接手を下さないけれど、他人を自殺に追い込むような人が」

「警察の仕事に、今はやりの心理学を介入させるなんてことは考えたこともない。鑑識に勝るものはない。DNA指紋鑑定は驚異だよ」

署長とヘイミッシュはDNA指紋鑑定で解決された事件について話し始め、プリシラはまた署長夫人と二人、取り残された。もしヘイミッシュと結婚したら、こんな日常になるのかしら。でも、警察署長に会いたいと思ったということは、ヘイミッシュがついに昇進を考え始めたということじゃないかしら。急に元気づいたプリシラは、署長夫人の矢継ぎ早の質問に耐えることにした。

コースの最後の料理が来た。フローラ・マクドナルド（スコットランドの歴史上の有名人物、ボニー・プリンス・チャーリーを匿った女性）のフルーメンティ（小麦のミルク粥)。料理用のシェリー酒をちょっぴり垂らしたホイップクリームのよう、とプリシラは思った。

「またお会いしたいものですわ」

署長夫人が言った。

プリシラはためらった。もう一度この婦人と同席するのは耐えられない。だが、ヘイミッシュが昇進の階段を上ろうとするなら、手助けしなくてはならない。それに、父は新しい警察署長に会えれば喜ぶだろう。

「明日の夜ディナーにおいでください。八時に、トンメル・キャッスルへ。道はおわかりになります?」

「まあ」署長夫人は息を飲んだ。「ピーター、プリシラが私たちを明日の夜ディナーに誘ってくださってよ」

「それは嬉しいですな」

「ありがとう、プリシラ」

ヘイミッシュがすかさず言い、招待には自分も含まれているとにおわせた。

ディナーにヘイミッシュを招待したと知ったら父がなんと言うだろうか、とプリシラは思った。

ディナーが終わり、署長が勘定書きにサインした。ヘイミッシュはウエイターに、朝のうちに支配人と話がついているとさりげなく言った。

ヘイミッシュは皆より少し遅れて外へ出た。

「料理はどうだった？」

支配人のミスタ・ジョンソンが訊いてくる。

「狸おやじめ」ヘイミッシュはむかっ腹を立てていた。「腹が減って死にそうだ。お子様の食事だよ。卵半ダースだけだよ、あなたが受け取るのは」

「落ち着けよ、ヘイミッシュ。最近はヌーベル・キュイジーヌが伝統料理にとって代わっているんだ。ドクター・ブロディーは怒りのあまり心臓発作を起こしそうだったよ。ロックドゥの村じゅうが彼を飢え死にさせようとしてるってな」

「ああ、今夜はフィッシュアンドチップスの店が大繁盛だろうよ」

ヘイミッシュは他の人たちに追いつき、署長夫妻におやすみを言い、プリシラを車まで送っていった。

「ひどい食事だったわ、ヘイミッシュ」プリシラが言った。「でも、許してあげる。あなたが警察署長をもてなそうと考える日が来ると思わなかったわ。今こそあなたの生き方を変えるときよ」

ヘイミッシュはためらった。ブレアへの当てつけにしたことだと、プリシラに言う勇気はなかった。彼女は彼の頬に軽くキスすると、車に乗り込んだ。

「乗ってく?」

「いや、歩いて帰るよ」

ヘイミッシュはさよならと手を上げ、車は走り去った。

ヘイミッシュが海辺をぶらぶら歩いていると、突然道路の向こう側の歩道を急ぎ足で歩く姿に気づいた。その人は、アノラックのフードを深くかぶっていたが、ぴかぴか光るスニーカーで、トリクシーだとわかった。悟られないようにと、顔を背けている。ヘイミッシュは振り返って、じっと見た。彼女はホテルのほうへ向かって行く。

いったい彼女は何をしようとしているのだろう。彼女は夫のポールから庭仕事を取り上げてしまったようだ。最近は家の外の壁際に座って入り江を眺めているポールの姿がたびたび見られる。だが、ヘイミッシュはすぐにトリクシーのことなど忘れた。自分がディナーに招かれたと知ったら、ハルバートン・スマイス大佐はどう思うだろうと考え始めた。

「署長夫妻を招くのはもちろん良いとも。だが、あのたかり屋のお巡りは絶対家に入れんぞ」

大佐はむかっ腹を立てて言った。

「じゃあ私はみんなを村のレストランへ連れて行くわ。署長はヘイミッシュが来ないと知ったらがっかりすると思うわ」

プリシラが冷静に言う。

大佐に夜食のサンドイッチとウィスキーを給仕していた執事のジェンキンズがかがみこんで、大佐の耳に何やらささやいた。大佐は驚いたように見えたが、部屋を出ていき、その後を執事が追った。数分後に戻ってきたが、何かとても喜んでいるようだった。

「ちょっと厳しすぎたかもしれんな、プリシラ。お巡りを招いてもいいぞ」

ジェンキンズは何を言ったんだろう？　プリシラは思った。ジェンキンズはヘイミッシュを毛嫌いしている。父が気持ちを変えたのは、ジェンキンズが言ったことから、ヘイミッシュはディナーには来られないとわかったからに違いない。父に何を言ったか、ジェンキンズに訊いても無駄だろう。彼はプリシラも嫌っている。

ジェンキンズがコーヒーを持って戻ってくるのを待って、プリシラは裏階段を半ば下りた所にある料理人の部屋へ行った。

家政婦で料理もこなすミセス・アンガスは多少酔っぱらっているようだったが、それはいつものことだった。プリシラは明日のディナーのことを告げて、メニューを相談し、その後で訊いた。

「ジェンキンズはヘイミッシュ・マクベスのことで何か知っているのかしら？　ヘイミッシュが明日のディナーに来ないことがわかっているようなんだけど？」

「その通りですよ」ミセス・アンガスはウィスキー焼けしたしわがれ声で言った。「水管理人のジェイミーが、ヘイミッシュ・マクベスが今夜川に密漁に行くと誰かさんに言ったそうですよ。ヘイミッシュとジェイミーの間では話がついてるんです、ヘイミッシュは一度に一匹きりしか獲りませんからね。だけど、大口たたきのジェイミーは冗談で言ったんです、今夜お巡りが密猟者になるって。それを誰かが署長に言ったらしいですよ」

「誰が言ったのかしら？　村の人ではないと思うわ。ジェンキンズ？」

「いいや、違うでしょう。彼はずっとここにいましたから。けど、ヘイミッシュが真夜中に川へ行って、署長さんが彼を捕まえに行くのは間違いのないとこでしょうよ」

プリシラは時計を見た。十一時三十分！　急いで部屋に戻ると、セーターとツィードのスカートに着替え、かかとの低い靴を履いた。父親に見つからないように、裏側の窓から這い出て、車に乗り、ヘイミッシュを捜しに出かけた。

駐在所は真っ暗で、ノックをしても返事がなかったので、車に戻り、アンステイ川へ向かった。

車を停めて、川に沿ってヘイミッシュのお気に入りの釣り場へ歩いて行った。小雨が降り始めた。

ヘイミッシュは川へ入り、釣り始めた。防水長靴の周りを水がごうごう音を立てて流れ、湿った空気は松とエリカとスイカズラの香りがした。そのとき、小道の藪をぐしゃっと踏みつけるような音がした。ヘイミッシュはリールを巻き、向こう岸へ逃げようとした。聞き覚えのある声が聞こえて、立ち止まる。

「ヘイミッシュ！」

「プリシラ？」

声のほうへ近づくと、彼女の白い顔がぼんやりと見えた。

「川から上がって。あなたが密漁しているって、誰かが署長に言ったの。たぶん今頃あなたを捕まえに来る途中よ。早く！　釣り竿と網をちょうだい、藪に隠してあげる。長靴を脱いで」

ヘイミッシュは釣り竿と網を渡し、土手に座って長靴を脱いだ。プリシラが藪から出てきて、長靴と釣り竿と網を隠しに行く。

「すぐここを離れよう」

戻ってきたプリシラにヘイミッシュが言った。

「聞いて！」

プリシラが彼に寄り添って立ち、二人は黙って耳を澄ました。かすかな音がした。こそこそ歩く足音、小枝の折れる音。

「恋人同士のふりをしましょう。私の肩に手を回して」

ヘイミッシュは彼女にぴったりと寄り添った。目まいがした。

「見せつけてやろう」

彼はかがみこみ、彼女にキスした。

世界がぐるぐる回る。腕の中のプリシラと一緒に無限のかなたへ舞い上がっていく。そのとき、まぶしい光が彼の顔を照らした。彼とプリシラはさっと離れた。

ヘイミッシュはくらくらしながら立ち上がった。体が揺れている。

「いったい何なの？」

プリシラがひどく冷たい調子で言う。その声はとても遠くから聞こえてくるように思えた。

「まったく申し訳ない」署長が答える。「本当に申し訳ない。ジェイミーが川に密漁者がいると言ったので……」

「ごらんの通りよ、ダヴィオット署長、ほんとにばつが悪いわ。ジェイミー、何ていう人なの、あなた」

水管理人は足をもぞもぞ動かした。

「その、邪魔をして、えー、悪かった、まったく……」

「ほんとに、お休みなさい、署長。明日八時に奥さまとディナーにお越しくださいな」

「ああ、もちろんです、お休み、えー、ヘイミッシュ」

だが、ヘイミッシュは焦点の定まらない目をして、薄笑いを浮かべて立っているばかりだった。

二人が去ると、プリシラは釣り竿と網と長靴を取ってきたり、バタバタと動き回った。ヘイミッシュのほうを見ようともしない。さっきのキスの濃密さと彼女自身の反応が怖かった。ヘイミッシュが警察の出世の階段を上る手助けをするのは良いとしても、彼と結婚する気はまったくない。彼女は彼の世界に属していないし、彼は彼女の世界の人間じゃない。彼女はヘイミッシュを夢から引き戻そうとするように、彼の袖を引いた。ヘイミッシュはおとなしく荷物を受け取ると、彼女に続いて丘を登った。

第三章

完璧さの追求とは、つまり、温和と理性の追求である。
——マシュー・アーノルド（『教養と無秩序』より　多田英次訳）

ブレア警部はヘイミッシュを間抜けだと言う。その夜、トンメル・キャッスルのディナーの席で、ダヴィオット署長は、それが本当ではないかと思った。ヘイミッシュはいろいろな物をひっくりかえしたり、倒したり、ぼんやりしてグレービーソースの入れ物に肘を突っ込んだりしたが、その間ずっと間の抜けたにやにや笑いを浮かべていた。

署長はこの村の巡査を毛嫌いしているらしい大佐に同情した。プリシラはこの男の中にいったい何を見ているのだろう？

プリシラ・ハルバートン・スマイスは丈の短い黒のスリップドレスを着ていた。それがほっそりした体つきと、淡いブロンドの髪にとても合っている。署長は、妻がぽっちゃりした腰回りに巨大なリボンをあしらったベージュのシルクドレスなど着てこなければよかったのにと思った。妻の気取ったしゃべり方には慣れていたが、ディナーの間、それがとても癇に障った。なぜ〝グラス〟のことを〝グレス〟と言ったり、〝ザット〟を〝ゼット〟と言ったりするのだろう？　だんだん腹が立ってきて、彼女の言うことを何でもかんでも遮った。

「バカなことを言うんじゃない」、「そんなこと誰も知りたくない」。

とうとう、傷ついた妻はヘイミッシュと同じくらい不器用でぎこちなくなった。

結局そのディナーは誰にとっても楽しいとは言い難いものだった。別の世界にいるかのようなヘイミッシュを除いては。夫がいつ怒り出すかと絶えずびくびくしているミセス・ハルバートン・スマイスは、まるで物言わぬ亡霊のように、女主人の席に座っていた。

会話はトマス夫妻のことに移っていった。

「かわいい人だ、ミセス・トマスは。今日家具を探しにやって来たよ。勇敢な女性だ。のろまな夫にやりくりを任せられて、孤軍奮闘しているんだ」大佐が言った。

「何か彼女にあげたの?」プリシラが訊いた。

「古い樫の洗面台をな。馬具部屋の隅っこで埃をかぶっていたから」

「彼女はとても目が肥えているようよ。あの洗面台はヴィクトリア朝の家具だわ。家具が足りていないのなら、タンスとかベッドとかを探すと思うけど」

プリシラが言う。

「その通りだよ。去年亡くなったハガティー婆さんを知っているだろう。誰一人彼女が残したものを引き取りに来なかった。一人の身寄りもいないらしい。いずれにしろ家は住宅団地のものだしな。何かめぼしいものがないか見に連れて行ってあげると、ミセス・トマスに約束したんだ」

「私なら彼女には近づかないわ。あまり好きじゃない。いけ好かない威張り屋よ」

「言葉使いに気をつけなさい、プリシラ。いつから人の性格をあれこれ言えるようになったんだ?」

大佐がヘイミッシュ・マクベスのほうを悪意を含んだ目で見た。

ヘイミッシュ以外の誰もが、ディナーが終わったのを喜んだ。彼だけは未だにあのキスの思い出で夢見心地だった。

しかし翌朝にはヘイミッシュの心は現実に戻った。彼はプリシラが彼にキスしたわけじゃない。水管理人と署長がじきにやって来るのがわかっていたので、彼のキスを許しただけだ。昨夜のディナーを思い返すと、皆がやたらと酔っぱらっていた記憶しかなかった。

ハエがキッチンを飛び回っている。トリクシーのオゾン層のたわごとを忌々しく思いながらも、殺虫スプレーを手に取り、多数のハエをやっつけた。だがスプレーの臭いがひどかったので、きれいな空気を入れようとドアを開けた。すると、すぐさまアオバエが五匹とミッジの一群が飛び込んできた。

表玄関でドアベルが鳴った。ドアを開けると中年のカップルが立っていた。「スコットランドを旅行しているのですが」アメリカ英語のアクセントで男性のほうが言った。「私はカール・スタインバーガー、こっちは妻です。ここのホテルはとても高いので、どこかもう少し安い所をご存じないかと思って」

ヘイミッシュはトリクシーに宿泊客を紹介したくはなかったが、一方で、彼女は切り盛りが上手く、料理も上手だという評判だった。

「ローレル荘という宿があります」道の向こうを指さして言った。「B&Bです。ですが、ランチが食べたければ、ミセス・トマスが作ってくれると思いますよ。ちょっとお入りになって、お茶でもいかがですか」

ヘイミッシュはアメリカ人の旅行者が好きだ。イングランドからの旅行者より親しみを感じる。

ヘイミッシュはハエのことをぶつくさ言いながら、キッチンのドアをバタンと閉めた。「あなたたちは運が悪い」彼はスタインバーガー夫妻に言った。「六月は素晴らしかったのに。今の天気はひどいもんだ。暑くて、湿っぽくて、べとべとする。それにハエがひどく厄介だ」

「なぜ、合衆国のように網戸を使わないんです?」

ミスタ・スタインバーガーが言った。

「網戸?」

ヘイミッシュがティーポットを手に突っ立って訊いた。

「そうですよ。必要なのは木の枠と金網だけ、なんならチーズクロス(細かいメッシュ生地、以前チーズを作るときに使われた)でも、地中海の国々で使っているようなビーズのカーテンでもいいですよ」

「それは、考えつきませんでした。簡単ですね。今日にも取りつけますよ」

ミスタ・スタインバーガーは面白がっているように見えた。

「この辺じゃ、犯罪が多くて忙しいということもなさそうですね」

「過去には殺人事件がありましたよ」

ヘイミッシュはもったいぶって言った。彼は夫妻にお茶とスコーンをすすめ、楽しくおしゃべりした。帰り際に、ミスタ・スタインバーガーは駐在所の玄関に立つヘイミッシュの写真をぜひとも撮らせてほしいと言った。玄関ポーチにはバラの花が咲き乱れ、駐在所を示す青いランプをほとんど覆い隠している。

「国じゃ、みんな、こんな光景は信じられないって言うでしょう」

ヘイミッシュは庭の物置小屋へ行き、木切れを取り出した。それから生地屋へ行き、チーズクロスを買った。まだチーズクロスを置いているような、古い生地屋で。ドアの寸法を測り、作業に取りかかった。雨がやみ、太陽がきらめき、ハエがキッチンを飛び回っている。

トリクシーがやって来た。

「何の用です？」

ヘイミッシュは不愛想に言った。署長に密猟のことを通報したのは、トリクシーに違いないと思っていたからだ。

「あなたの牧場へ行って、フェンスについている羊の毛をいただきたいと思って」

「何のために？」

「ミセス・ウェリントンが古い紡ぎ車をくださったので、糸を紡ごうと思って」

「紡ぎ方を知っているんですか？」

興味を覚えて訊ねた。

「ええ、ロンドンのカムデンタウンの〝女性文化意識向上団体〟でニュージーランドから来た女性に習ったんです」

ヘイミッシュは内心うなった。トリクシーはじきに糸を紡いでいる姿を見せびらかすだろう。たぶん前庭に糸車を持ち出して。そうすれば誰もがそれを見て、完璧な主婦のお手本をまた一つ見せてくれたと感嘆するだろう。トリクシーは帰ろうとしなかった。

「まだ何か？」

ヘイミッシュは強い口調で訊いた。

「今夜の私たちの禁煙集会に参加していただけないかと思って」

「人がタバコを吸うのをやめない理由の一つは、あなたのような人たちがやたらと非難するからですよ。なぜドクター・ブロディーを放っておいてやらないんです？」

ヘイミッシュは苦々しげに言った。

「彼は医者ですから、行いを正すべきです」

「あなたも以前はタバコを吸っていたに違いない、元喫煙者が一番悪意があるんです」

ヘイミッシュ自身元喫煙者だが、人を禁煙させたいという強い誘惑には決して屈しないでおこうと思っている。

トリクシーは口を開き、何か言おうとしたが、やめたほうがいいと思ったようだった。

彼女はご機嫌だった。ハルバートン・スマイス大佐が古い無人のコテージへ連れて行ってくれ、たくさんの家具を持ち帰ったのだ。大佐は娘がヘイミッシュ・マクベスと結婚しはしないか心配だと話して彼女を面白がらせた。

「お手洗いをお借りしてもいいかしら？」

「ああ、どうぞ」

ヘイミッシュは脇にどいて彼女を通した。

なかなか戻ってこないので、部屋を物色しているのではないかと思い、捜しに行こうとしたとき、玄関から彼女の声がした。

「ポールの様子を見に戻ります。こちらのほうから帰りますわ」

ヘイミッシュは作業に戻った。トリクシーはフェンスの羊毛を集めるのを忘れたようだ。そのとき気がついた。トリクシーが嫌いな一番の理由は、彼女がアンジェラ・ブロディーを変えてしまったことだと。今やアンジェラの頭にはパーマネントがかかり、おかしな風にカールしている。以前よりしょっちゅうイライラして、痩せたように見える。

網戸はできあがったが、蝶番《ちょうつがい》が要ることに気づいた。港のそばの、金物屋も兼ねた船具屋へ行くことにした。ローレル荘のそばを通ったとき、かすかなブーンという音が聞こえたので、庭を覗き込んだ。やっぱり。トリクシーがもったいぶった顔つきで忙し気に糸車を回していた。なおも行くと、漁師のジミー・フレーザーと出会った。

「一杯やらないか、ヘイミッシュ？　おごるよ」

「いいとも」

二人はロックドゥ・ホテルの隣にあるパブへ行った。

「どうした、ジミー？　頭から湯気が立っているのが見えるぞ」

「あの女だよ」

　ジミーがうなるように言った。

「どの？」

「あいつさ、あの英国女だよ。昨日の晩、アーチーがあの女を船に乗せたんだ。女を船にだぞ！　俺たちが溺れなかったのは奇跡だよ。それにな、あの女、おいらが火を点けようと口にくわえたタバコをはたき落としたんだ。一発くらわしてやろうとしたら、アーチーが手を出すなって言うんだ。船長は自分だってな。厄日ってやつだ。厄介なことになるかもな」

「何でアーチー・マクリーンは彼女を船に乗せたんだ？」

「あの女にぞっこんだからさ。べったり座り込んでよ、お姫様か何かみたいに手を握って、仕事は全部俺たちにさせやがった」

「アーチーの奥さんはこのロマンスをどう思っているんだい？」

　ジミーは不安そうな顔をした。

「奥さんには言えねえ。知ったらあの女を殺しちまいかねねえ」

　その後ヘイミッシュはジミーと別れ、蝶番を買って駐在所に戻った。そう、完璧な主婦も足元をすくわれたな。ミセス・マクリーンは人気のあるほうではないが、ロックドゥの女性たちは、英国女が自分たちの夫を盗みとるのを好ましく思うわけがない。

それゆえ、その日の午後、牧師夫人のミセス・ウェリントンがケーキを持ってトマス夫妻を訪れるのを見て少しばかり驚いた。タウザーと散歩していると、牧師夫人がトマス家から出てきた。

「こんにちは、お巡り」

ヘイミッシュは夫人に近づいた。

「緋色の女（ナサニエル・ホーソーンの『緋文字』の連想。姦通した女性が主人公）をお訪ねですか？」

「どういう意味、ミスタ・マクベス？」

ヘイミッシュはゴシップ好きだが、悪意はない。だが今回は例外だ。

「そりゃあ、彼女がアーチー・マクリーンとデートして、彼の手を握ったりしているのを、村じゅうが知っているからですよ」

ミセス・ウェリントンはいつもツィードの服を着ている大柄な女性だ。彼女は気に入らないという風にヘイミッシュをにらみつけた。

「で、あんたが、真夜中のアンスティ川で、ミス・ハルバートン・スマイスとキスをしたり、いちゃついたりしていたのも村じゅうが知っているさ」

「ええ、でも私は独身です」

「アーチー・マクリーンは結婚していると言いたいのかい？　恥を知りなさい、ミスタ・マクベス。トリクシーとポールがすべて話してくれた。ポールは大笑いしてたよ。トリクシーはただで魚をもらいたくて行っただけだって。ラム肉がほんの少ししか手に入らないので。すると、アーチーが言い寄ってきたらしいよ。トリクシーはどうすればいいのかわからなかったそうだ。ポールが言うには、いつもいろんな男たちが彼女に言い寄ってくるそうだ。だからね、トリクシーを嫌いにならせようとしても、おあいにくさま。彼女は今までロックドゥに住んだ者のうちで一番上等な人間だよ。まあ、こんなこと怠け者でゴシップ屋のお巡りに言ってもしょうがないだろうね」

そう言って、怒りで顔を真っ赤にして、ミセス・ウェリントンは行ってしまった。

「なあ、いったいどういうことだ？」

ヘイミッシュはタウザーに言った。タウザーはフンと鼻を鳴らす。

「そうだろ、本当のことを言われるとむかつくよな」

トマスのB&Bの新しい宿泊客はやつれた顔の女性で、騒がしい子どもたちを一連隊連れている。部屋を埋めるために、生活保護者を受け入れているのだろうか？　四人の子持ちの未婚の母親は政府の補助をたんまり受けているに違いない。痩せた無口な男性も長期滞在者のようだ。彼がヘイミッシュのほうへやって来たので、声をかけた。

「こんにちは」

だが、彼は何かもごもご言って、逃げるように行ってしまった。

次の日の朝、ドクター・ブロディーは鉢に入った何かをつつきながら、妻に言った。

「君が野鳥の保護に興味を持っているのは知っているがね、何も朝食に鳥の糞を出す必要はないだろう」

「それ、ミューズリよ、体に良いのよ」

アンジェラが気を悪くしたように言った。

ドクター・ブロディーは妻を見た。

「トリクシーが私に食べさせろと言ったんだな」

「トリクシーがオートミールとレーズンとナッツで作り方を教えてくれたの。箱入りのを買うより安いし、体に良いのよ」

「あの女、昨日待合室にやって来て、私の許可もなしに、壁じゅうに禁煙シールを貼っていきおった。君を心配させたくないから言わないでおこうと思ったんだが、もう、うんざりだ！　失せろって言ってやったさ。彼女は保健局に私を通報するんだと」

アンジェラのトリクシーに対する忠誠心が少し揺らいだ。

「医者がタバコを吸ってはいけないっていうのは、正しいことよ。トリクシーを責められない……」

夫の目が怒りに燃えるのを見て、アンジェラの声が小さくなった。

「いいかい。一時的なことだと思ったから、君がトリクシーのたわごとに熱中するのを我慢してきたんだ。ところが、私の家は今や病院の無菌室だ。猫はケージに入れられ、犬は庭の犬小屋に追いやられた。妻のヘアスタイルはまるでハーポ・マルクス（アメリカの往年のコメディアン）のようで、服はしょっちゅう何かに抗議して行進している厄介な女のそれだ。私は、ディナーにはステーキとチップスを食べて、ワインが飲みたい。これ以上ウサギの餌を私の前に出すなら、テーブル中に吐き散らしてやる。今夜は犬も猫も家に入れるからな。もう一度あの女の名前を言ったら、あいつを殺してやる」

アーチー・マクリーンが家へ帰ったとたん、ミセス・マクリーンが夫の頭を水差しでぶん殴った。彼はよろめき、悲鳴を上げた。

「どうしたんだ?」

ロックドゥの村人たちは、彼女の夫とトリクシーのことをあからさまに彼女に告げ口したわけではない。嫌なことを伝えるときの、ハイランド流の遠回しな言いまわしを使った。英国女にのぼせ上がっている男についての作り話という形で。ミセス・マクリーンもハイランド人なので、その話に込められた意味はよくわかった。

「あんた、あの英国女の機嫌をとっているんだってね、このいかれたくず野郎!」

ミセス・マクリーンがわめいた。

「ちょっと船に乗せてほしいと言われただけだよ」

アーチーは頭を掻きながら、ふてくされて言った。

「それに、間抜けな小学生みたいに彼女の手を握ったんだって。よくお聞き、アーチー・マクリーン。今度あんたがあの女に近づいたら、この手であいつを絞め殺してやる」

「くだらんことを言うな」

言いながらアーチーは、もう一度ぶたれる前に部屋の外へ逃げ出した。

まっすぐパブに行くと、すでにジミー・フレーザーがバーのカウンターに寄りかかっていた。ジミーはにやっと笑って言った。

「ハイランドのカサノヴァ、調子はどうだい？」

「だまれ」

アーチーはむっつりと言ったが、ジミーの横で、ビールを注文した。

「あの女の旦那が今帰ったところだよ。あのでっかい野郎、大笑いしてたぞ。どこかの船長さんが彼の奥さんに色目を使ってきたんだが、奥さんはその不細工な船長さんの気持ちを傷つけないように断るにはどうすればいいかわからなかったんだと。あのトリクシーって女は、村じゅうであんたを笑い者にして回ってるぞ」

アーチーは冷静な風で沈黙を守ったが、内心にはどす黒い殺意が渦巻いていた。


イアン・ガンは小作人から農場主になった。一九七五年に、ロックドゥから丘を一つ越えたロッホ・コイルに、古くて荒れたサザーランドの農場を買った。何年も、畑を鋤き返し、種をまき、懸命に働いた。古い地層の石や氷河でできた岩を取り除き開墾した土地は、かなり肥沃な農場になった。農場は田園地帯にあり、ほとんどが平らな土地だった。よく耕された、家畜の群れのいるハイランドの農場というより、スコットランドのローランドのそれのように見えた。地所のうち一か所だけ荒れた土地が残っていた。農地の遠い端っこに、二階建ての壊れかけの廃屋があった。イアンはブルドーザーを借りて、廃屋を取り壊し、がれきを取り除いて、その土地を耕そうと考えていた。

借りたブルドーザーに乗って畑地を進んでいくと、垂れ幕を持った数人の女性が廃屋の前に立っているのが見えた。近寄って、垂れ幕の文字を読んで驚いた。

「コウモリを守れ」。「ガンは殺し屋だ」。

彼は丘を駆け上り、下った。牧師夫人のミセス・ウェリントン、アンジェラ・ブロディー、それに村の女性が何人かいる。代表の女性が前に出た。最初誰かわからなかったが、それが最近ロックドゥ村に引っ越してきたトリクシー・トマスだと気づいた。

「通さないわよ！」

トリクシーが叫んだ。背後の女性たちは歌を歌いながら行ったり来たりしている。

「われらは絶対退かないぞ」（アメリカ黒人公民権運動で歌われた黒人霊歌）

イアンは頭を掻きむしった。

「俺は核ミサイルなんて持ってないぞ、いったい何事だ？」

「コウモリよ」

「ああ、あんた方コウモリなのか」

「違うわ。その古い廃屋の中にコウモリがいるのよ。コウモリは保護種なの。そっとしておかないといけないのよ」

そのとき、イアンは警察の白いランドローバーが畑の脇に停まるのを見てほっと息をついた。

「ヘイミッシュだ。彼ならあんたらを追っ払ってくれそうだ」

ヘイミッシュが登ってくると、女性たちはまた歌い始めた。

「この口やかましい女たちに帰るように言ってくれ。中にコウモリがいるから、廃屋を壊してはいけないというんだ。そんなバカなこと聞いたことがあるかい？」

「残念ながら、彼女たちが正しいよ。コウモリは保護種なんだ。廃屋はそのままにしておかなきゃならんよ」

「なんだと。自分の地所なのに好きにできんというのか？」

「コウモリに関してはそうだ」

イアンの顔が怒りで青ざめた。

「このガミガミ女たちをブルドーザーでひいてやりたいよ」

「聞きました、お巡りさん？　彼、私たちを殺すって脅かしたわ」

トリクシーが喚いた。

「何も聞いてません」ヘイミッシュはむっつり言った。「しかしご婦人方、恥ずかしくありませんか、あなたもです、ミセス・ウェリントン。イアンが古い廃屋を壊すと、どこかで聞いたんでしょうが、それなら、なぜ手紙で止めてくれと頼まなかったんです？　バカな子どもみたいなまねをして。ほんとに恥ずかしい限りだ、あなた方全員」

「イアン・ガンのようにどっさり土地を持った強欲な人間は、手紙なんぞ見向きもしないでしょうよ」

トリクシーが言った。

「今のは、聞きましたよ」ヘイミッシュが言った。「イアン、あんたが彼女を訴えるなら、私が証人になりますよ。皆さん、お家へお帰りなさい。大人なら大人らしく振る舞ってください、さあ、さあ」

アンジェラはひるんだ。ヘイミッシュはとても怖い顔をしている。自分たちはひどく間抜けに見えているだろう。なぜここへ来たのだろう？　トリクシーはイアンにこんなことをする権利はない。小作人たちは農場主を嫌っていて、妬みのこもった嫌味を言うこともあるが、本心から悪意を持っているわけではない。

　女たちは散っていった。

「私、歩いて帰ります」

アンジェラがトリクシーに言った。彼女はトリクシーの古いフォードのヴァンに乗ってきていた。

「バカね、アンジェラ」

トリクシーが言った。バカだなどと言われて、アンジェラは泣きたくなった。

「あなたのこと、どれだけ頼りにしているかわかっているでしょう。こうしなければならなかったのよ。ガンは手紙なんて読みもしなかったでしょうからね。それに、昨夜の禁煙集会の記録をタイプしなければならないの。私、そういうのとても下手だから。私に腹を立てないで。ほんとに、あなたのこと頼りにしているんだから、アンジェラ」

　トリクシーの目はとても大きく、催眠術にかけられているような気がしてくる。

「みんなが言ってるわ。この頃あなたとても変わったって。ついこの間、ミセス・ウェリントンも言ってたわ。あなたが以前よりずっと若々しく、きれいになったって」

アンジェラの気持ちは和らいだ。夫は、結婚してこの方、彼女の容姿について何も言ったことがない。初めて言ったのが、ハーポ・マルクスみたいだという感想だった。繊細で頼りなく、自分にまったく自信のないアンジェラは、支配的なトリクシーの格好の餌食だった。

弱々しく微笑んで、アンジェラはヴァンの助手席に乗り込んだ。

イアン・ガンは彼女たちが去っていくのを見ていた。

「環境保護主義者なんて、ネズミみたいに毒殺すりゃいいんだ」

アンジェラ・ブロディーが禁煙集会の記録をタイプしている間、トリクシーは裏庭で何か仕事をし、ポールは家の前の壁際に座って入江を眺めていた。アンジェラは夫がステーキを食べたがっていたのを思い出し、後ろめたい気持ちで時計を見た。肉屋はもうすぐ閉まってしまう。記録をきちんと積み上げて、キッチンを飛び出し、トリクシーにさよならを言っておいてと、ポールに言づけた。また少し、トリクシーに対して不安を感じたが、その気持ちを抑え込んだ。彼女のどんよりした生活は今やトリクシーのおかげで生き生きとし、いろいろなことが起こる。家がピカピカになったのが誇らしいし、気力が充実し、働く意欲もわいてくる。ずっとそうだった怠惰でぼんやりした自分に戻りたくはなかった。だが、ステーキは買って帰った。

トリクシーは鋤を置き、裏庭から玄関に回った。プリシラ・ハルバートン・スマイスがやって来るのが見えた。トリクシーは家へ駆けこみ、じきにネイビーブルーのセーターを肩にかけて出てきた。ぼんやり座っている夫を無視して、道路に出たところへプリシラが通りかかった。

「こんにちは、プリシラ」トリクシーは朗らかに声をかけた。

「こんにちは、ミセス・トマス」プリシラはそのセーターを見て、わずかに眉をしかめた。

「それ、ヘイミッシュのセーターのようだけど」

トリクシーはセーターを肩から外すと、プリシラのほうへ差し出した。

「ヘイミッシュに返していただけます？　私からだと、とてもきまりが悪くて」

「なぜ？」

プリシラは差し出されたセーターを受け取らずに訊いた。

トリクシーはクスクス笑いながら言った。

「あのロマンチックなお巡りさんは、ちょっと私に気があるようなの。私に着てほしいって、くれたのよ。アメリカの学生がガールフレンドにフットボールのセーターをあげるみたいにね」

プリシラは彼女に軽蔑のまなざしを向けた。

「自分でお返しになったら」

冷たく言うと、トリクシーの横をすり抜けてさっさと行ってしまった。


アンジェラ・ブロディーはずっと待っていたが、夫は帰ってこなかった。猫は暖炉のそばで犬と一緒に寝そべっている。また庭に連れ出されないように用心して、爪をカーペットに深くくいこませて。時計がゆっくりと時を刻み、時間が過ぎていった。診療所に電話をかけたが、留守番電話が自宅の番号を告げるばかりだった。救急の呼び出しで出かけているのかもしれない。いや、わざと帰ってこない気がする。本を読もうとしたが、本からはいつものような慰めは得られなかった。テレビを点けてみた。あるチャンネルでは政見放送、違うチャンネルでは下品なドラマ、野生動物の番組、そして悲鳴のような音楽と黒いタイツを履いた白塗りのダンサーによるバレエ。テレビを消した。流しの下の棚から雑巾と艶出しを取り出し、また家じゅうを磨き始めた。

十時になり、駐在所に電話をかけた。ヘイミッシュはドクターを捜してあげると言ってくれた。彼はドクターの居場所を知っているようだと、アンジェラは思った。

十時半、キッチンのドアが開き、ドクターが帰ってきた、というよりヘイミッシュにかかえられて入ってきた。妻を見ると、クスクス笑い、ロッホ・ローモンドのメロディーで歌い始めた。

「トリクシー・トマスを殺してやったぞ、腐れ女は死んじまった」

「さあ、ベッドへ行きましょう、ドクター。ベッドはどこです？」

「二階よ」

アンジェラは弱々しい声で言った。

夫がトリクシーを殺したと大声で歌うのを聞きながら、アンジェラは待った。ヘイミッシュはドクターを辛抱強くなだめすかして、ベッドに入れた。

夫がこんなに酔っぱらったのは見たことがない。だが、トリクシーに警告された。タバコを吸ってジャンクフードばかり食べていたら、遅かれ早かれ体を壊すと。心の片隅では、彼がこんなに酔っぱらったのは彼女のせいだとなじる小さな声が聞こえたが、彼女は耳を貸さなかった。スニーカー――トリクシーのものとそっくりのピカピカの白いスニーカー

――を履いた足をたくし込んでソファに座り、ヘイミッシュが下りてくるのを待った。

トリクシー・トマスは夫を、彼のためを思ってのことだが、厳しく責め立てたようだ。ポールはインヴァネスの歯医者に行きたくないが、トリクシーは絶対行かなきゃだめだと言い張ったことが、お昼前にはロックドゥ中に知れ渡っていた。二人が玄関先で言い争いをしたからだ。

「ちっこいガキみたいに歯医者を怖がるなんてな」

アーチー・マクリーンがあざけった。アーチーは二十一歳のときに、歯を全部抜いてしまったので、それ以来歯医者を怖がる必要がなくなっていた。

その後ポールがヴァンで出かける姿が見られた。一時に宿泊客のミセス・ケネディーがうるさい子どもたちを連れてローレル荘に戻ってきた。トリクシーに頼んで、子どもたちにサンドイッチでも作ってもらおうと思ったのだ。雨が休みなく降り続き、子どもたちは機嫌が悪く退屈していた。だが、トリクシーの姿はなく、彼女のベッドルームのドアには鍵がかかっていた。

二時にアンジェラがやって来た。ミセス・ケネディーは機嫌よく食糧部屋をあさっている。

「ミセス・トマスはお休みのようですよ。返事がありませんの」

アンジェラは階段を上り、トリクシーの部屋のドアをノックした。トリクシーと夫は部屋を別にしている。なるべく多くの部屋を貸さなければやっていけないと言っている割には、妙に贅沢な部屋の使い方だ。アンジェラは少しためらったが、ドアを強くノックした。待ったが、何の物音もしない。

トマスのB&Bは大きなだだっ広いヴィクトリア調の建物だった。大きなハエが一匹、踊り場のステンドグラスの窓辺で、単調な羽音を立てている。階下からケネディー家の子どもたちの泣きわめく声が聞こえてくる。「もっとジェリのやつちょうだい!」もっとジャム・サンドイッチが欲しいと言っているらしい。

アンジェラはポールがインヴァネスの歯医者へ行ったことを知っていた。村じゅうのみんなが知っていた。

トリクシーの部屋は異様に静かだった。

突然、悪い予感がして、アンジェラはドアを思いっきりノックし、叫んだ。

そして待った。やはり何の物音もしない。ケネディー家の子どもたちも静かになった。

ハエはまだ窓辺で羽音を立て、屋根をたたく雨音が聞こえるばかりだった。

アンジェラは助けを求めることにした。ベッドルームに飛び込んだはいいが、アンジェラがぐっすり眠っていたとしたら、彼女はとんだ笑い者だ。だが、新聞で読んだ話を思い出した。笑い者になるのを恐れて、知らないふりをしていたら、実際には人が死んでいたとかいう話だ。

ヘイミッシュは笑うかもしれないと思った。だが彼は制帽をかぶると、アンジェラについてローレル荘に向かった。硬い険しい顔をしている。彼は悪い予感は天気のせいだと自分に言い聞かせようとした。雨の中でミッジが踊るように飛び回り、彼の顔を刺した。無意識にポケットを探って防虫剤を探した。

階段の下に固まっているケネディー家の横をすり抜けて階段を上った。妙におとなしい子どもたちが、ジャムだらけの顔で見上げている。

トリクシーの部屋の前へ行き、ドアをたたいた。ドアに耳をつけ、しんと静かな中の様子を知ろうとした。

「下がって」

彼は短くアンジェラに言った。

思いっきりドアを蹴ると、裂ける音がして、ドアがバンッと開いた。

トリクシー・トマスは半ば仰向けにベッドに横たわっていた。髪の毛が顔を覆っている。

ヘイミッシュは髪を掻きあげ、苦痛にゆがんだ顔を見下ろし、脈を探った。

「ドクターを呼んできて！」

ヘイミッシュは肩越しにアンジェラに言った。

「彼女は……？」

アンジェラは口に手を当てて言った。

「ああ、だがともかく、ドクターを呼んできてくれ」

アンジェラは階段を駆け下り、海辺を診療所へと走った。雨がまだ彼女が流していない涙のように頬を伝い落ちた。

受付の女性が何か叫んだが、アンジェラは構わず診察室に走りこんだ。

「すぐ来て！」アンジェラが叫んだ。

ドクター・ブロディーはミセス・ウェリントンの裸の胸に聴診器を当てていた。こんな大きな胸は見たことがない、アンジェラはとりとめもなく思った。

「ミセス・ブロディー！」

憤慨した牧師夫人は、ハンモックサイズのブラジャーをつかみながら金切り声をあげた。

「トリクシーが死んでるの！」

アンジェラの目から涙が流れ落ち、あえぐようなすすり泣きに変わった。

「おやまあ、なんとまあ！」

牧師夫人は素早く下着を腰回りにたくし込み、ツィードの上着を着た。

ドクター・ブロディーは診察カバンを手に取ると、診療所を走り出て、車へ向かった。

ヘイミッシュがトリクシーのベッドルームで待っていた。

「できれば遺体を動かさないでください。辺りを見回ってきます」

ドクターを見て、ヘイミッシュが言った。

ドクターはいくらもベッドルームにいなかった。ヘイミッシュが廊下を歩いていくと、ドクターが部屋から出てきた。

「すぐに死亡証明書を書くよ。心臓発作だ、間違いない」

ヘイミッシュは目を細め、静かに言った。

「戻ってもう一度調べてください。私の見たところ、毒殺です。殺人ですよ、ドクター。正真正銘の殺人事件です！」

第四章

完璧の極致

——オリバー・ゴールドスミス

トリクシーの死の翌日は完璧に晴れ渡った。雲はなく、太陽は湿った大地に降り注ぎ、キラキラ輝いた。駐在所の玄関ではハチがブンブン飛び回り、バラが咲き乱れている。ヘイミッシュはストラスベインの鑑識からの知らせを待っていた。

いろいろな疑問がある。まずは、ドクター・ブロディー。なぜ彼は心臓発作と診断したのだろう？　だが、ほんのわずかな可能性だが、食中毒かもしれないということもある。

ヘイミッシュは疑念を警察署長のミスタ・ダヴィオットに報告した。ヘイミッシュがホテルに着いたとき、署長は休暇を終えて帰り支度をしているところだった。驚いたことに、彼はトリクシーの死を聞いても軽く受け流した。ヘイミッシュは知らなかったが、ハルバートン・スマイス家のディナーでのおかしな振る舞いのために、署長はこの村の巡査はブレアの言うように、間抜けなのではないかと思い始めていたからだ。

それでも署長は一応ローレル荘へ出向き、鑑識チームが分析のためにキッチンから一切合切を押収したと聞いて満足し、立ち去った。

ヘイミッシュは、ポール・トマスに彼の妻の死を伝えたときのつらさを思い出すといまだに身震いする。大男は服の中にクシャクシャに縮こまってしまったように見えた。ドクター・ブロディーは彼に鎮静剤を与えた。トリクシーのファンは全員、妻を亡くしたポールのもとに駆けつけた。

もうすぐブレア主任警部がやって来る。だが、もし殺人事件だとしても、以前ロックドゥで起きた二回の殺人事件のときのようにマスコミが大挙してやって来ることはないだろう。ハイランドの一主婦の殺害など、地方新聞の興味を引く程度の出来事なのだ。

ヘイミッシュは使い古したデッキチェアを前庭に持ち出して、日向で体を伸ばした。なぜトリクシーはロックドゥの女たちの心をつかんだのだろう？　もちろんとても強烈な個性の持ち主だ。そして、村の女たちのほとんどは、保守的な人たちだ。専業主婦で、働いて収入を得ることはない。ロックドゥには映画館も劇場もディスコもないし、パーティーも開かれない。テレビの魅力もとっくに失われている。トリクシーはきっと彼女たちに生きる目的を与えたのだ。彼女たちは専業主婦を見下すようなこの時代に、いまだに専業主婦でいる。だが大家族の時代は過ぎ去った。主婦たちには時間が有り余っている。ヘイミッシュならチャンスがあれば、昼間からダラダラ寝転んで過ごすのは大歓迎なのだが。彼には警官の仕事以外に、庭仕事があり、羊と鶏の世話もある。愛情を注ぐ相手は飼い犬のタウザーだけ。かがみこんで、耳の後ろを掻いてやる。

ロックドゥの女たちは、夫がもし亡くなっても、すぐに職を探しにインヴァネスやストラスベインへ出かけたりはしないだろう。彼女たちのほとんどが、学校を卒業するとすぐ結婚して、一度も外で働いたことがない。もちろん、多くの女たちは庭仕事などしてよく働く。特に農家のおかみさんは、夫と同じだけの仕事をこなす。だが、長い冬がやって来ると、すべてが止まってしまう。女たちは労働の報酬を得ることがない。何をしても、主婦の務めで済まされてしまう。

地元の多くの男たちは、愛のためではなく、母親が亡くなるか、料理やシャツのアイロンがけをしてくれる女のいる自分の家を持ちたいから結婚することを、ヘイミッシュは知っている。

アンジェラ・ブロディーについて、プリシラの言ったことは正しかった。アンジェラは学究的な頭を持っている。豊かな知性を。だがいわゆる分別はない。人の性格を見抜くことができない。ヘイミッシュは、ブロディー夫妻のために、アンジェラが元の彼女に戻ってくれることを強く願った。だが、戻れるだろうか？　今や彼女は本以外の世界を知ってしまった。

ヘイミッシュは立ち上がり、オフィスに行くと、役に立つかもしれないと時々利用する電話帳をパラパラめくった。やっと望みの番号を見つけた。彼はミルトン・キーンズのオープン大学（通信制の公立大学、入学に資格、学歴などの要件がない）に電話をかけて、科学の学位取得に興味を持っているミセス・ブロディーという女性のために必要な書類を送ってやってほしいと伝えた。受話器を置き、満足感を覚えた。家で学位のために勉強するのは、アンジェラに向いている。科学の学位取得は、難しくかつ実践的な何かに取り組む機会になるだろう。オープン大学によって、男も女も家にいて大学の学位を取ることができるのだ。

ヘイミッシュは前庭のデッキチェアに戻った。

椅子にもたれ、耳を澄まして、村の物音を聞いた。入江で漁船のエンジンがポンポン音を立てている。どこかのラジオから聞こえる歌声、旋回するカモメの鋭い鳴き声、背後の丘のくねくね道を行く車の立てる物憂げなエンジン音。ヒバリの姿がまったく消えてしまったのは残念なことだと、ヘイミッシュは思う。少年の頃、それはまさしく夏の音だった。天高く舞い上がり、えも言われぬ美しい鳴き声をあげながら舞い降りてくる。ヒバリが周りにいれば、誰も無神論者ではいられないだろう、ヘイミッシュは夢見心地で思った。

「お気楽なこったな」

厳しい声がして、ヘイミッシュの上を影が覆った。

目を開け、立ち上がろうとした。日の光を遮っているのは、ブレア主任警部のごつい角ばった体だった。彼の後ろには、二人の部下ジミー・アンダーソンとハリー・マクナブが立っている。

ブレアは機嫌が悪かった。署長のダヴィオットに、ロックドゥ・ホテルは高すぎるので、ブレアとそのチームは毎日ストラスベインから現場に通えと言われたのだ。一時間半もかかる曲がりくねったハイランドの道をだ。日向ぼっこをして、のうのうとくつろいでいるヘイミッシュの姿は、ブレアの機嫌を良くするわけもなかった。

「鑑識の結果が出た」ブレアが言った。「あのトマスという女はヒ素による毒殺だった」

「ヒ素！」ヘイミッシュは飛び上がった。「どういう？　殺鼠剤ですか？」

「ヒ素ということしかわからん」

「胃の内容物は？」

「カレー、ライス、パン、ケーキ。たぶんカレーに入っていたんだ」

ヘイミッシュはためらっていた。ドクター・ブロディーの奇妙な行動をブレアに伝えるのは彼の義務だが、彼はドクター・ブロディーが好きだ。ドクターがブレアにいじめられるのを見たくなかった。だが、ドクターは自分の身は自分で守れる人だ。ヘイミッシュ自身にドクターを尋問させてくれと言うのが一番いいだろう。

「これは言っておいたほうがいいと思うのですが、ドクター・ブロディーが最初に検死したとき、彼は心臓発作という死亡診断書を書こうとしたんです。私が止めたのですが」

「何だと！」ブレアの小さい目が光った。

「ですので、私が診療所に行って、聞き取りをするのがいいと思うのですが」

「なあ、お前。お前は村のお巡りの仕事をしてりゃいい」ブレアが意地悪くニヤリとして言った。「だがな、そうだ、お前も捜査に加えてやろう。明日インヴァネスへ行って、ポール・トマスが行った歯医者から聞き取りをしてこい」

「インヴァネスの警察に一本電話をかければ済むことじゃないですか」

ヘイミッシュは驚いて言った。

「言われたとおりにしろ！」

ブレアはたたきつけるように言うと、立ち去った。重そうなツィードのスーツの角ばった姿の後を、二人の部下がついていく。

ヘイミッシュはため息をついた。天気の良い一日をインヴァネスで過ごすのもいいかもしれない。事件の解決はブレアに任せておこう。誰がトリクシーを殺したのかということに、それほど関心があるわけでもないし。

道路の向こう側の塀のそばに座っているポール・トマスの打ちひしがれた姿が見えた。ヘイミッシュはタウザーを呼び、ポールのほうへ歩いていった。

だが、彼のそばに行きつく前に、グラスゴーから来た宿泊者ミセス・ケネディーに呼び止められた。「いつまでここにいなくちゃならんのかねえ？　グラスゴーに戻って、ちっとばかし貰うものがあるだで」と不平を言う。

「あと二、三日でしょう」

「ここへは休暇で来たはずだがね、料理を全部一人でせにゃならん、食べ物も買わにゃならん、警察がキッチンにあるものを全部持って行ってしまったでな。宿代はびた一文払わんと、ミスタ・トマスには言っといたで」

ミセス・ケネディーは太っただらしない様子の女だった。土色のドレスの上に柄物のエプロンを着け、むくんだ足に布のスリッパを履いている。子どもたちは皆六歳ぐらいに見えるが、同い年のはずがない。皆白い貧相な顔に、疲れたような目をしている。三人の男の子は、エルヴィス、クラーク、グレゴリー。女の子はスーザンという名前だった。

ヘイミッシュは、早く帰れるように掛け合ってみますよと約束し、ポールに言葉をかけに行った。ポールはうつろな目で彼を見た。

「おつらいでしょうね」

ヘイミッシュは優しく言った。

ポールの目に涙があふれた。

「誰がこんなことしたんだろう？　彼女はみんなに愛されていたのに」

「ここは小さな村です。じきに誰がやったかわかりますよ」

ヘイミッシュは慰めるように言った。

ポールはヘイミッシュの肩に手を置いて言った。

「あんたが見つけてくれ。あの間抜けなブレアに任せないで」

「わかりました」ヘイミッシュは優しく言った。「誰かそばにいてくれる人はいますか？」

「みんな、とても親切にしてくれる」

頬を流れる涙を、ポールは袖で拭いた。

「ミセス・ケネディーには会いましたが、もう一人の客はどこですか？」

「ああ、彼、その辺にいるんじゃないかな」

「長く滞在しているんですか？　仕事は何でしょう？」

「作家だよ。昼も夜もタイプライターを打ちまくっている」

「名前は？　聞いたのですが、忘れてしまいました」

「ジョン・パーカー」

「ああ、そうでした。ちょっと話を聞いてみます。あなた、横になったほうがいいですよ。とても具合が悪そうだ」

「ダメなんだ」ポールの顔がつらそうにゆがんだ。「目を閉じると、彼女の死に顔が浮かんでくる」

「思いっきり疲れるようなことをするのがいいかもしれません。まだ、庭仕事をしていらっしゃるでしょう？」

「以前は。でも、トリクシーに取り上げられたんだ。彼女のほうがうまくできるから、それに……」

「でも、ちょっと行って見てみましょう」

二人は裏の庭へ回った。

「しばらくほったらかしのようですね。雑草が生えてます。もう一度始めたらどうです？」

ポールは黙ってうなずくと、野菜の列の間の雑草を抜き始めた。

車のエンジン音がして、ヘイミッシュはポールを庭に残して、表玄関へ回った。作家のジョン・パーカーが車から降りてきた。

「ひどいことになりましたね」彼はヘイミッシュを見て言った。

「警察に、殺人があった日のあなたの行動を訊かれましたか？」

「いえ、まだ」

「じきにやって来ますよ。それで、あなたは作家なんですね。本屋でジョン・パーカーという名前を見たか、思い出そうとしているのですが」

「ああ、ないと思いますよ。ブレット・サドラーというペンネームで書いていますから」

「あなたがブレット・サドラー？　ウエスタン小説を書いている？」

「そうです」ジョンが薄笑いを浮かべて言った。

「ブレット・サドラーはアメリカ人だとばかり思っていました」

「ずっとウエスタンが好きだったんです」とジョンは言った。「ウエスタンの映画は全部見たと思いますよ。私はそこに古き良き時代の味わいを付け加えているんです。実際、ウエスタン人気が戻ってきています。最新作の映画化権を売ったので、こんなに長い休暇が取れるんです」

「何と、あなたは大金持ちですね」

「いやいや、とんでもない。二万五千ドル入りました。でもそこからエージェントの手数料と税金を引くと、いくらも残りやしません。トリクシーが亡くなったとき、私がどこにいたかというと、丘に登っていましたよ。丘が好きなんです。とても静かだ」

「誰かに会いましたか？」

「誰にも会ってません」ジョンは陽気に言った。

「彼女が食べたカレーを誰か他の人も食べたかどうかご存じありませんか？」

「誰も食べていないと思いますよ。彼女はランチにカレーを食べたと思うが、ケネディー一家はサンドイッチを食べたはずです。ミセス・ケネディーはカレーを外国の気持ちの悪い食べ物だと思っているんです。私はいなかったし、ポールはインヴァネスにいたし」

「鑑識は、カレーを煮た鍋を見つけたのでしょうか？」

「いや、キッチンにあったものは全部きれいに洗われていました。トリクシーは何しろ完璧な主婦でしたからね」

「彼女とは以前からお知り合いでしたか？」

「いいえ。さあ、仕事に戻らないと」

ジョンは気だるげに手を振ると、家へ入っていった。

ヘイミッシュはアーチー・マクリーンのことを考えた。彼はトリクシーの手を握っているのを見られている。村じゅうの人に。ミセス・マクリーンは知っているのだろうか？

海辺を戻っていると、プリシラのボルボがゆっくり近づいてきた。なぜかしら、彼女が彼のそばを通り過ぎてしまいそうな気がして、道の真ん中に立ち、両手を挙げて通せんぼをした。

「何よ、お巡りさん、スピード違反で捕まえることはできないわよ」

「ちょっと話したいだけだよ」

「忙しいの」

「いやいや、どうしたんだい？　北海みたいに冷たい目だな」

プリシラはハンドルに手をのせて、まっすぐ前を見ている。トリクシーの話した例のセーターのことで、ヘイミッシュに腹を立てていた。トリクシーが嘘をついているとわかってはいたが、ヘイミッシュのこれまでの様々な恋のうわさを思い出さずにいられなかった。プリシラはヘイミッシュが自分に惹かれているとは思わなかった。彼女に好意は持っているが、彼には若すぎる、子どもっぽい娘だと思っているような気がしていた。

プリシラが答えないので、ヘイミッシュは言った。

「誰かが君の機嫌を損ねるようなことを言ったんだね。お父さんではないな。お父さんなら持って回った言い方はしないだろうから。では、誰だろう？」

「トリクシーのことで、あなたが笑い者になっている気がするの」

「ロックドゥであの女に我慢がならないのは、私だけだよ。ドクター・ブロディー以外には」

「彼女、あなたの古いセーターを着ていたわ。あなたがそれをくれて、言い寄ってきたとかなんとか」

「何一つあげていないよ」ヘイミッシュは驚いて言って、眉をしかめた。「わかった。君のお父さんが彼女と出かけたとき、娘が村のお巡りと駆け落ちでもしやしないかと心配だとでも言ったんだろう。トリクシーが駐在所にやって来たとき、トイレに行って、長いこと戻ってこなかった。その後玄関のほうから、帰ってしまった。そのときセーターを持って行ったんだ、君に嫌がらせをするためにね」ヘイミッシュは車に寄りかかった。「君が気にしてくれて嬉しいね」

「友たちがあんな女に馬鹿にされるのを見るのが嫌なだけよ」プリシラは言った。「もう行かなくちゃ、ヘイミッシュ。家で用事があるの」

「明日、ちょっと寄らないか？」

「だめなの。明日はこの車をゴルスピーに定期車検に持っていくの。他の修理工場は信用できないから。その後、母に頼まれた買い物をしに電車でインヴァネスへ行くの」

「私もインヴァネスへ行くんだ」ヘイミッシュが言った。「何時に電車に乗るの？」

「十二時半よ」

「駅で会って、ランチを食べて、私の車で帰ってくるというのは、どうだい？」

ヘイミッシュは不安な気持ちで返事を待った。

「いいわよ」プリシラは言った。「さあ、そこをどいてちょうだい」

ヘイミッシュは脇へどき、にやつきながら彼女の車を見送った。

その後、ヘイミッシュはミセス・マクリーンを訪ねることにした。彼女は例のコウモリ保護のデモには参加していなかった。トリクシーの取り巻きは、中流か中流の下ぐらいの女性たちだった。彼女たちのキッチンには労力を省く電化製品がいっぱいあり、暇を持て余している。

ミセス・マクリーンはひざまずき、石を敷いたキッチンの床をアンモニア液でこすっていた。モップや最新のクレンザーを使って楽をするのは、彼女の流儀ではない。ラジオがスコットランドのカントリーダンス音楽を大音量でがなり立てていた。ヘイミッシュは彼女を呼んだが、聞こえないようで、ラジオを消すと、彼女が顔を上げた。

「何の用だい？　間抜けのお巡り」

ミセス・マクリーンは雑巾をきつく絞り、バケツに投げ入れながら言った。ヘイミッシュはため息をついた。普段は人々が法を守って暮らしている小さな村の警官がつらいのは、誰も恐れたり怖がったりしてくれないところだ。

「トリクシー・トマスの殺人事件を捜査しているんです」

「なぜだい？」ミセス・マクリーンは正座をして言った。「あんな女、死んで当然さ」

「そうかもしれません」彼は言った。「だが、あなたは彼女を嫌う理由があった。だから容疑者の一人です」

ヘイミッシュは厳しい顔で彼女を見たが、彼女はバカにしたように鼻を鳴らした。

「あの女はうちのバカ亭主を笑い者にしよった。あのたかり屋は、ただ魚が欲しかっただけなのに、亭主は自分に気があると思ったんだ。そんな甘い話があるもんかね。思うに、トマスの夫婦はどっさり金を持っていた。だけどいつも金に困っていると言っちゃあ、もらえるものは何でももらおうと、たかって歩いてた。牧師の奥さんは、ミセス・トマスは完璧な主婦だと触れ回っていた。そうさ、人をタダ働きさせる技は完璧だった。牧師の奥さんやミセス・ブロディーは暇なんだ。電子レンジや洗濯機があるからね。恥ずかしいこったよ、私に言わせれば」

漂白剤のきついにおいが、薪ストーブの上のシーツを入れた巨大な銅鍋から立ち上った。ミセス・マクリーンは彼女の〝漂白〟で有名だ。何もかも銅鍋で煮沸して、更に漂白するために、晴れた日には庭の生け垣の上に干す。アーチー・マクリーンの服がいつもきつそうなのは、きっとそのためだろう。彼の服も煮沸されているんだ。

「じきに警察が来ますよ。彼女が殺されたとき、あなたがどこにいたか訊きにね」

ミセス・マクリーンは、またブラシを取り上げ、もうすでにピカピカの床を磨き始めた。

「いつでも訊きに来りゃいいさ。一日中家にいたから。家の中と庭を行ったり来たりしているのを、お隣さんが見てたさ」

「アーチーは？」

「網の修理をしてたさ」

突然、ヘイミッシュはドクター・ブロディーが、トリクシーは死んだと大声で歌っていたのを思い出し、ぞっとした。とっくにブレア警部に報告しなければならなかったことだ。ちくしょうめ！

「結局は、彼女の亭主がやったってことがじきにわかるさ」

ミセス・マクリーンは雑巾をぎゅっと絞って、濡れた床を拭いた。

「彼はインヴァネスの歯医者に行っていたんですよ」

「自分でそう言ってるだけだろ」

ミセス・マクリーンはフンと鼻を鳴らした。

ヘイミッシュが庭の木戸を出ると、大音量の音楽が聞こえてきた。ミセス・マクリーンがまたラジオをかけたのだ。

ポールとの約束を思い出した。ロックドゥのどこかに殺人犯がいる。だが今は、殺人が起こったなどと思えなかった。太陽が降り注ぎ、素晴らしい景色が広がっている。海辺に並んだ十八世紀のコテージが白く輝き、大気にバラの香りが満ち、入江の凪いだ水面に丘や森や色とりどりの漁船の影が映っている。

トリクシーがいなくなり、彼女と共に何やら不穏な雰囲気も消えた。だが、彼女は邪悪な女性だったわけではない。それはロックドゥの女たちにもそのうちわかるだろう。

ブレア警部と二人の部下が村を出ていくのを見て、ヘイミッシュはドクター・ブロディーの診療所に向かった。

「今日は患者が少ないんだ」ヘイミッシュが診察室に入っていくと、ドクター・ブロディーが言った。「月曜には、誰もかれもが腰痛だと言ってやって来る。ハイランド病だよ。月曜の朝がくると腰痛になって、仕事に行かなくてもいいという診断書を欲しがるんだ」

「ブレアをどうあしらったんです？」

「彼は私をいじめにかかった。逮捕すると脅して。君は私が心臓発作と診断したと彼に言ったろう？」

「仕方なかったんです。なぜあんな診断をしたんです？」

「あのデブにも言ったが、心臓発作だと思ったんだ」

「いやいや、ジョン。状況はよくありません。どう見てもそうは思えませんでしたよ。本当のことを言ってください。あなたはその前の晩、ぐでんぐでんに酔っぱらって、トリクシーを殺したと喚きたてたんですよ。彼女の本名がアレキサンドラだと知っていましたか？」

「ああ、そんな類の女だったよ。トリクシーなんて名前がかっこいいと思うような女だった。ヘイミッシュ、君には話すが、必要と思わなければブレアには言わないでくれ。彼女は毒殺されたとわかっていた。君はポール・トマスがインヴァネスにいたと言ったようだが、私はすっかり忘れていた。たぶん彼がやったんだと思った。私は彼女が死んで嬉しかったが、誰かがそれで責められるのは嫌だった。気が動転していた。君は私を責められるか？　家内は変わってしまった。スカートやハイヒールを履いていたのはいつのことだろう？　私が一緒に暮らしているのは、トリクシーのカーボン・コピーだ。スモックとジーンズ、それに歩くとキューキュー音を立てるいやらしいスニーカー」

「奥さんはもう大丈夫でしょう」ヘイミッシュはためらいがちに言った。

「いいや、トリクシーの思い出は消えていない。アンジェラは野鳥保護の会や禁煙サークルやロックドゥ浄化の会やらを引き継いだんだ。私は家でサラダを食べるか、さもなければ外食するしかない。恐ろしく頑固だ」

「ショック状態なんですよ、たぶん。あなたの奥さんぐらいの歳の女の人はそうそう変われませんよ。じきに元通りになりますよ。少し辛抱していれば」

「家内は私がトリクシーを殺したと思っている」

「バカな」

「本当だ。ひどく厳しい目で私を見ている。自分のベッドを別の部屋に移してしまった。誰がやったかわかったら、まず私に知らせてくれよ、ヘイミッシュ。そいつと握手したいからな」

「女かもしれませんよ」

ドクター・ブロディーは椅子に寄りかかり、タバコに火を点け、つぶやくように言った。

「そうかもしれんな」

ヘイミッシュは、インヴァネスに行く日も晴れるだろうと期待していたが、残念ながら、暗い雨模様の天気になった。

ミスタ・ジョーンズとかいう歯医者を訪ねたが、インヴァネス警察がすでに聞き込みに来ていたので、当然ながら不機嫌だった。ヘイミッシュは驚かなかった。ブレアが捜査から彼を外そうとしてインヴァネスにやったのはわかっていた。

「あなたはとても重要な証人なんです、ミスタ・ジョーンズ。なので申し訳ありませんが、もう一度質問させてください。そんなにお手間は取らせません」

「わかりました」歯医者は機嫌を直して言った。「あまりお話しすることもありませんが。赤ん坊のような人でしたよ。奥歯が虫歯になっていたのでひどく痛んだんです。根は大丈夫だったので、ドリルで穴を開け、詰め物をしようと言いました。すると、ブルブル震えだして、歯を抜いてくれと言い、だめだと言っても聞きません。麻酔のガスを使ってくれと言いはりました。彼が少し落ち着いたので、私はX線写真を見せ、いろいろ治療が必要だと言いました。すると彼は本当にパニックになり、椅子からよろよろと立ち上がり、ドアのほうへ逃げました。始める前に彼の保険証ナンバーを控えておいたのは幸いでした。さもないと、ただで抜歯をするところでした。麻酔が切れるまで、しばらくかかったと思いますよ」

クロバエが白衣に止まり、歯医者は身震いして払いのけた。

「今年ほどハエの多い年もないな。暑くて、湿っぽいので、窓を閉めておくわけにもいかないし」

ヘイミッシュはノートをしまい、駅へ向かった。プリシラの列車にちょうど間に合うだろう。

事件のことはすべて頭から追いやり、プリシラの到着を待つ楽しみに集中しようとした。映画『逢引き』のような出会いを想像して。彼女が汽車の蒸気の中を彼のほうへ駆け寄ってくる。肩の上で髪が揺れている。彼女は彼の腕の中へ飛び込む。だが、蒸気機関車の時代はとっくに終わっている。それでも、ヘイミッシュはその幻想を捨てたくなかった。心の中ではまだ蒸気が漂っている。雨が駅舎の屋根を激しく打ち、頭上ではインヴァネスのカモメたちがひっきりなしに鳴いていた。

十二時三十分になったが、列車が来る気配がない。案内所へ行ったが、人がいない。トラベル・センターへ行くと、列車は信号機の故障で三十分遅れると告げられた。プラットホームへ引き返し、プリシラが彼のもとへ駆け寄ってくる光景を繰り返し想像しながら、彼女を待った。

四十五分後、ヘイミッシュがトラベル・センターへ行くと、また信号機の故障で、列車はいつ着くかわからないと言われた。駅のスピーカーが、音楽をがなり立て始めた。スコットランド語のワルツだ。鼻にかかった歌声が響く。

紫のヘザーの野が広がり
入江には船が浮かぶ
日の暮れがたに
さ迷い歩こう

雨はなお一層激しく駅舎の屋根を打ち、空を飛び回るカモメたちはますます鋭く鳴き叫んだ。まるで歌声と競い合うかのように。

ヘイミッシュは英国鉄道の運行について、イングランド人の駅スタッフに文句を言ってもしょうがないと思いながらも、またトラベル・センターへ行った。タータンチェックの上着を着た若者が、不機嫌な「うせろ」と言いたげな顔をしたが、ヘイミッシュが、「もう少し愛想よく尋ねたことに答えないと、どうなるかわからんぞ」と低い声で言うと、やっとのこと、若者は駅長室に電話をかけた。インヴァネスの郊外で線路が破損したらしいと、若者が言った。だが、列車はじきに着くだろうと。

ヘイミッシュはまたプラットホームへ戻った。二時十五分に列車がのろのろと入ってきた。

ヘイミッシュはフェンスの横で待っていたが、もう少しでプリシラを見逃すところだった。彼女は頭を垂れて歩いてきた。髪はべっとり濡れたレインハットに隠れている。

「プリシラ！」ヘイミッシュが呼んだ。

彼女が振り向いた。「ああ、ヘイミッシュ」冷たい声で言う。「ひどい雨。お腹ペコペコよ、どこへ行く？」

ヘイミッシュはポカンとして彼女を見た。情熱的な出会いをずっと空想していたので、彼女をどこへ連れていくか、まったく考えていなかった。

「カレドニアン・ホテルへ行ってみよう」

二人はネス川を見晴らすホテルへ黙って歩いていったが、ランチは二時で終わっていた。電話ボックスを見つけて、二、三か所当たってみたが、どのレストランも二時でランチは終わっていた。

「ヘイミッシュ、どこか安い気楽なところでいいわ」

プリシラが言った。レインハットのツバから雨が彼女の鼻に滴り落ちている。

ヘイミッシュは必死の思いで辺りを見回した。〝提督の隠れ家〟という名の安っぽいレストランが目に入った。張り出し窓に魚網がかけてある。

「あそこにしよう」

中に入り、パンくずだらけのテーブルについた。メニューを見ると、なかなか品数が多い。部屋の奥に固まって立っているウエイトレスたちに、ヘイミッシュは手で合図をした。数人が一瞬ぼんやりと彼を見たが、またおしゃべりに戻った。

「好きなものを選んで」

「スパゲッティ・ボロネーゼはどう？　こういうお店は、よくスコットランド風のイタリア料理が出されるわ」

「いいね」ヘイミッシュはウエイトレスに近づいた。「スパゲッティ・ボロネーゼを二人前」ヘイミッシュは注文した。ウエイトレスたちは、彼がまるで卑猥な言葉を発したかのように彼を見たが、一人がかたまりから抜けて、厨房へ入っていった。

ヘイミッシュはテーブルへ戻った。ジョン・ハリントンならもっと手際よくやるだろうにと、プリシラは思っているんじゃないかという気がした。

ウエイトレスが、灰色のドロッとしたものがかかった山盛りのスパゲッティを二皿運んできた。

「パルメザン・チーズは？」ヘイミッシュが遠慮がちに聞く。

「何ですって？」

「パルメザン・チーズよ」プリシラが冷たく言う。

「そんなものはないわ」ウエイトレスが勝ち誇ったように言う。

「テーブルのパンくずを払ってくれ」

ヘイミッシュがむっとして言うと、ウエイトレスはだらけた足取りで歩き去り、戻ってこなかった。

「足の裏みたいな臭いがするわ。食べる気がしない」

「出よう」ヘイミッシュはフォークを置いて言った。「ここはひどい。サルモネラ菌がうようよいそうだ。勘定書きはもらわないで、文句も言わないでおこう。一日がかりになりそうだから」

メニューの値段を見て、スコットランド・ポンドの札を何枚か置くと、プリシラを促して外へ出た。

「で、どこへ行く?」プリシラが沈んだ声で訊く。

「来て」ヘイミッシュはむっつりと言って、停めていたランドローバーのところへ彼女を連れていった。「ここで待っていて」と車のドアを開けた。

じきに、フィッシュアンドチップス二袋と、ワインと、ミネラルウォーター、グラス二つ、それにコルク抜きを持って戻ってきた。

「ワインは君のためだよ」コルクを抜きながら彼は言った。

「やっと食べ物にありつけたわね」

二人は満足し無言で食べた。

「ごめんなさいね、いらいらして。捜査はどんな具合?」プリシラが訊いた。

「ああ、トマスはもちろん歯医者に行っていたよ」

「でもそれで、彼がやったんじゃないってことにはならないわ」

「どうして?」

「出かける前に、彼女が食べるとわかっているものに、ヒ素を入れることができたんじゃない？」

「鑑識がキッチンのものを一切合切持っていってしまった。それにヒ素の臭いはまったくしなかった。カレー以外はね。そのカレーが見つからないんだ」

「カレー？　ああ、私知ってるわ。トリクシーは自分の分を少し取っておいて、残りを牧師さんの夕食にと、ミセス・ウェリントンにあげたのよ」

ヘイミッシュはぽかんと口を開けてプリシラを見た。

「戻ったほうがよさそうだ。まだ食べていないなら、冷蔵庫に入っているだろう。いや待てよ、ここにいて、電話をかけてこよう」

十分後、ヘイミッシュは意気揚々と戻ってきた。

「まだ手を付けていなかった。トリクシーは自分の分を鍋から取り分けて、残りを鍋ごとミセス・ウェリントンに渡したそうだ。まだそのままだ。ブレア警部にも電話をしておいた」

「私、ママに頼まれた買い物をしてこなくちゃ。ここで待っててくれる？」

「いいとも、どれぐらいかかる？」

「一時間くらい」

ヘイミッシュは駅の駐車場に停めた車に座って、事件のことを考えた。一時間近くが過ぎた。プリシラが戻ってこないかと、バックミラーを見続けていた。

そのとき、駐車場を出ていく一台の車が目に留まった。屋根の荷台に透明のビニールシートで包まれた椅子が乗っている。あの椅子に違いない。ランドローバーのエンジンをかけ、向きを変えると、追跡を開始した。

前を行く車の速度はとても速かった。ラウンドアバウトを回り、パースへ向かうÅ９に乗ろうとしている。ヘイミッシュはサイレンを鳴らしたが、前の車はますます速度を上げた。

パースへ向かう道の二十マイル先で追いつき、運転手に停まるように合図した。小柄なイタチ顔の赤毛の運転手が窓を開けた。パトカーのサイレンが聞こえなかった理由は明らかだった。窓を開けた途端テープデッキから流れる大音量に一撃を食らった。

「何なんだ？」運転手は不機嫌に言った。

「スピード違反だ」とヘイミッシュは言った。「それに、あの椅子をどこで手に入れた？」

「インヴァネスのオークション場で。私はディーラーだ」彼は汚れた名刺を見せた。

「車から降りて、あの椅子を見せてくれ。スピード違反のことは忘れよう」

「シートの端をちょっと持ち上げるだけなら。濡らしたくないからな」ヘンダーソンという名のディーラーは言った。

ヘイミッシュはビニールシートの下を覗いた。トリクシーが運んでいるのを見たブロディー家の椅子だ。

「これにいくら払った？」

「百五十ポンド」

ヘイミッシュはヒューッと口笛を吹いた。「どこへ持っていくんだ？」

「最終的にはロンドンだ。もうあといくつかオークションを回ってから。ロンドンじゃもっと高く売れるだろう。ヴィクトリア朝のナージング・チェアー（授乳用椅子）だ。状態がいい。見事なビーズ細工だ」

「出所はどこか知っているか？」

「競売人は北部の売り屋が持ち込んだと言っていた」

「売り屋？」

「家人が価値を知らない家々からアンティークを掘り出して回っている女たちのことさ。数百ポンドの価値があるのに、五ポンドしか払わないこともよくあるらしい」

「それとも、ただでかっぱらうか」ヘイミッシュはつぶやき、声を大きくして言った。「今回は違反を見逃すが、ミスタ・ヘンダーソン、気をつけて行くんだな。たぶんまた連絡をすると思う」

「盗品じゃないだろうな？」ディーラーが心配そうに訊いた。

「いや違う。だが、あと一週間は売るな。殺人事件と関係があるかもしれない」

ヘイミッシュは引き返した。雨はますます強くなっている。プリシラのことを思い出し、アクセルを踏んだ。

駐車場に彼女はいなかった。駅に行き、周りを見回した。いない。発着表示盤を見ると、北へ行く列車は今出たところだ。プラットホームへ駆け寄ったが、カーブを曲がる列車の後部がかろうじて見えた。

『逢引き』の結末はこのざまだ。ヘイミッシュは惨めな気持ちで思った。

ヘイミッシュはオークション場へ行き、トリクシーが例の椅子と、その他数点の家具、それに中国製の装飾品を持ち込んだことを知った。

「昨夜オークションを行いました」と競売人が言った。「ミセス・トマスに小切手を送ろうとしていたところです」

「いくらです？」

「約千ポンドです。ロンドンならもっと値がついたでしょうが、彼女にそれは言いませんでした」

ヘイミッシュは、トリクシーが遺言を残しているかどうかわかるまで、小切手を送るのを待ってもらいたいと、競売人に言った。

ヘイミッシュは土砂降りの中、曲がりくねった道を走り、ロックドゥの駐在所に帰り着いた。

トンメル・キャッスルに電話をかけ、プリシラに取り次いでほしいと頼んだ。声を変えるのを忘れ、地声のままで。「ミス・ハルバートン・スマイスはいらっしゃいません」と執事のジェンキンスは言った。

まだインヴァネスで待っているのだろうか？

もう一度キャッスルに電話をかけた。今度は声を変えて、ジョン・ハリントンだと名乗った。

「ああ、ヘイミッシュ」プリシラの声は冷たかった。

「ほんとにすまなかった、プリシラ」ヘイミッシュは謝り、椅子を追いかけたことについて話した。

「いいのよ」とプリシラは言ったが、声がよそよそしい気がした。「あなたが興味を持ちそうなちょっとした情報があるの。メイドのジェシーが、トリクシーがコイルの予言者に会いに行くのを見たんですって。予言者が彼女に何を言ったか、聞いてみたほうがいいんじゃない」

電話を切り、今夜予言者のところへ行こうかと考えたが、明日の朝まで延ばすことにした。予言者のアンガス・マクドナルドは、未来を予見できるという評判だ。ヘイミッシュは彼が老いぼれのペテン師だと思っていたが、土地の人々は彼を誇りにし、彼の言うことを一言一句信じている。それにしても、トリクシーが一人で行ったとは思えない。取り巻きの一人を連れて行ったんじゃないだろうか。アンジェラ・ブロディー、牧師夫人、その他何人かに尋ねてみたが、誰も何も知らなかった。宿泊客のミセス・ケネディーとジョン・パーカー、それにポールにも聞いてみたが、同じだった。

そのときヘイミッシュは、ハルバートン・スマイス大佐がトリクシーをミセス・ハガティーの古い屋敷へ連れて行くと言っていたのを思い出した。時計を見た。キャッスルではディナーが終わるころだ。ヘイミッシュがディナーをたかりに来たとは思わないだろう。

うまくいけば、プリシラに会って、インヴァネスで置き去りにしたのを謝ることができるだろう。

だが大佐はヘイミッシュが娘に近づくのを許そうとはしなかった。

大佐はそっけなく、トリクシーは古い家具を何点か引き取ったと言った。

「よろしければ、その屋敷を見たいのですが」

「家の鍵を渡そう」と大佐は言った。「殺人事件の捜査と関係があるかわからんが」

「とにかく行ってみます」ヘイミッシュは言った。「彼女は家具を何点かとアンジェラ・ブロディーからもらった椅子をインヴァネスのオークションで売って、千ポンド近くを手に入れたんです」

「そんなことは信じられん」大佐は怒鳴るように言った。「立派な女性だった、あの人は。とても女らしい、言っている意味がわかるな。あの間抜けな亭主が、歯医者に行ったときにでも売ったんだろうよ。彼女が私をだましたとは考えられん」

「そうでしょうね。とにかく鍵を貸してください。彼女、アンガス・マクドナルドのところへ行くと言っていませんでしたか？」

「知らんな。もう質問は終わりだ、マクベス。この殺人で私を疑っているなどと言うつもりなら、君を上司に訴えるからな」

ヘイミッシュは悲しい気持ちでキャッスルを後にした。使用人たちに聞いて、プリシラは彼が来ていることを知っていたに違いない。それなのに、彼女は姿を見せなかった。彼の背後でドアがバタンと閉まった。その音は暗い結末を告げるかのようだった。駅での熱に浮かされたような想像を思い返し、川辺でのあのキスが彼に望みを抱かせたのだと思った。だが、もうプリシラ・ハルバートン・スマイスのことは心からきっぱり締め出そう。

心に大きな黒い穴がぽっかり空いたような気がした。あまりにも長く彼女は彼の心を占めていたので。

第五章

未来を判断するのに、過去によって判断するすべしか、私は知らない。

――パトリック・ヘンリー

ヘイミッシュがランドローバーで駐在所を出ようとしたとき、ブレア警部が現れ、待てと、ごつい手を上げた。

「予言者のところへ占ってもらいに行くらしいな」ブレアはにやついて言った。

「それが何か?」

「アンガス・マクドナルドは水晶玉を覗いて事件を解決すると、村じゅうが噂してるぞ」

「警部も占ってもらいに行きますか?」

「俺はそんなことに時間は使わん。歯医者の聞き込みの報告書は書いたか？」

「その必要がありますか？」ヘイミッシュはそっけなく言った。「インヴァネスの警察からもう報告は上がっているでしょう？　ですが新たな情報があります」ヘイミッシュはディーラーのことを話した。

「ほっとけ」ブレアは言った。「事をややこしくするだけだ。彼女、どこかの屋敷のお宝でもかっぱらってきたんだろう」

「ハルバートン・スマイス大佐に訊いたほうがいいですよ」ヘイミッシュは意地悪く言った。「アンティークを探しに、彼女をあちこち連れまわしてやったようです」

ブレアの顔が曇った。ダヴィオット署長夫妻はトンメル・キャッスルへディナーに招かれたことを自慢していた。大佐を怒らせて、新しい署長の機嫌を損ねたくない。

「わかった。アンダーソンを行かせよう。厄介な事件だ。カレーにヒ素は入っていなかった。何か違うものに入っていたに違いない」

ヘイミッシュのそばにいたタウザーが低くうなった。

「その駄犬といると、おまえはほんとに間抜けに見えるぞ」ブレアがあざけった。

「こいつは高度な訓練を受けた警察犬なんですよ。五百ポンドで引き取ってもいいと言われました」

驚いてぽかんと口を開けているブレアを残して、ヘイミッシュは出発した。

「まんざら嘘でもないさ」ヘイミッシュはタウザーに言った。「勘が良いやつらだったら、お前に犯人を捜させるんじゃないかな」タウザーはだらんと舌を垂らして、大きな前脚を甘えるようにヘイミッシュの膝に乗せた。

「膝の上にあるのが、おまえみたいな駄犬の脚じゃなくて、女の人の手だったらいいのになあ」

予言者は、曲がりくねった道の先、丸い緑の丘のてっぺんにある小さな白漆喰塗りのコテージに住んでいる。まるで子どもがお絵描きしたみたいな風景だと、ヘイミッシュは思った。丘のふもとに車を停め、徒歩で登っていった。黒い嵐雲が空に広がり、風が頭上の鉄塔の周りで陰気なうなり声をあげている。少なくとも、風はハエやミッジを追い払ってくれた、風の強さに前かがみになってコテージへ向かいながら、ヘイミッシュは思った。コテージの煙突から立ち上る灰色の煙が風で千切れ、舞っていた。

アンガス・マクドナルドは背の高いやせた六十代の男だ。白髪の大きな頭、いかつい顔、異常に大きな鷲鼻、薄灰色の目。

彼はヘイミッシュが行くと、すぐドアを開けた。「やっと来たな。来るとわかっていたんだ。事件が解決できないんだろう？」

「あんたはできるんだろうな」ヘイミッシュは予言者に続いて、キッチン兼リビングへ入っていった。

「ああ、たぶん、たぶんな。で、何を持ってきた？」

「何も。何が欲しいんだ？　たんまりもらっているだろうに」

「みんな、何かしら持ってくる。サーモン、肉、手作りクッキー」

「ここへは警官として来たんだ、トリクシーのことをあんたが何か知っているかもしれんと思って」

「知ってるさ、死んだんだろ」予言者は甲高い声で笑った。

「彼女があんたに会いに来たとき、彼女に何を言ったんだ？」

アンガスは暖炉の上の自在鉤から黒い薬缶を外すと、流しへ行き、水を満たし、また自在鉤に掛けた。

「この頃、物覚えが悪くなってな。ちょいとばかりアルコールでもあれば思い出すんだが」

「ウィスキーなんぞ持ってきていないよ」ヘイミッシュはむっつりと言った。

予言者は暖炉から向き直ると、刺すような目でヘイミッシュを見た。「あの娘があんたと結婚することはなかろうよ」

ヘイミッシュの迷信深いハイランド人の感情が恐れで震えた。だが、警官としての彼は、駆け引きをすることにした。

「なあ、じいさん、ちょいと飲み物を持ってくるから、それまでに頭の働きを良くしといてくれよ」

ヘイミッシュが出ていくと、アンガスはにやりと笑い、お茶を淹れ始めた。風がコテージの周りでまるで死の妖精《バンシー》のようにうなり、悲鳴を上げている。たけり狂う風の音しか聞こえない。ヘイミッシュが早くウィスキーを持って帰ってくるといいのだが。風の音で気が滅入った。風はコテージの周りで吠え立てて、中に入り込もうとしている何かの生き物、怪物のような気がした。裏庭が大変なことになっているようだ。ティーポットを暖炉の火のそばに置くと、裏口を開けた。ラズベリーがなぎ倒され、物置小屋のドアが激しくバタついていた。アンガスは庭に出て、小屋のドアを閉め、レンガの重石を置いた。

コテージのほうを振り向いたとき、雲の隙間から湿っぽい太陽の光がちらっと差し込み、裏口の横の何かをキラリと照らした。近づいて見ると、ウィスキーのフルボトルだった。アンガスはニヤリとした。抜け目のないヘイミッシュ。ウィスキーを置いていって、質問しに戻ってくるまでに頭の回転を良くしておけというわけだな。

ボトルを持ってコテージに入ると、テレビを点け、長期の天気予報を見た。人々はいつも彼が正確に天気を予想する能力に驚く、自分たちも同じ天気予報を見ているのに。暖炉のそばのガタのきた肘掛け椅子に座って、グラスにウィスキーを注いだとき、ボトルの蓋が開いているのに気づいた。「ちょっと先に一杯やろうと思ったが、止めたってところかな」アンガスは面白がった。

風が一層強くなった。狂人のように叫び、コテージに打ちつけている。グラスに口をつけようとしたとき、部屋がグルグル回り、ずっと前に亡くなった母親が見えた。彼女は戦争中に彼が思いがけず戻ってきたときのように、驚きながらも喜んでいるように見えた。そこで幻は消えた。アンガスはじっと座ったまま、震える手で床にグラスを置いた。

若い頃、彼は自分がハイランドでいうところの未来を予知する能力〝千里眼〟を持っていると信じていた。戦時中に獲得したのだ。友人がドイツ兵に撃たれるところが心に浮かび、そしてそれはその通りになった。だんだんと予言者としての評判が高くなっていったが、その能力はいつしかなくなってしまった。だが、地元の人たちのことは何でも知っているし、いろいろなゴシップに耳を傾けていれば、苦も無く人々を感心させることができることに気づいた。

座り込み、宙を見つめていると、ヘイミッシュが戻ってきた。

「ウィスキーだよ」ヘイミッシュはハーフボトルを持ち上げた。「おやどうしたんだ、がめついおっさんよ。フルボトルのウィスキーがあるじゃないか」

「死だ、おお、ヘイミッシュ、こいつをどこかへやってくれ。中に死の影が見えたんだ」

アンガスは真っ青になって震えていた。

「どこから持ってきたんだ?」

ヘイミッシュが鋭く訊いた。

「キッチンの裏口の横に置いてあった。みんな何かしら置いていくのを知っているだろう、ヘイミッシュ。ひどい風の音で何も聞こえなかったんだ」

「なぜ飲まなかったんだ?」

ヘイミッシュは彼をじっと見て言った。

アンガスは霧を振り払おうとするように、頭を振った。

「母が見えたんだ。ドアのところに立って、私があの世に行こうとするのを見て驚いているようだった」

「その前に、何か飲んでいたんじゃないのか？」ヘイミッシュが皮肉っぽく言った。

「いいや、絶対何も飲んどらん」

ヘイミッシュはきれいなハンカチを取り出し、ウィスキーのボトルを包んだ。「グラスも包みたいんだが、キッチンペーパーか何かないかい？」

アンガスは流しのほうを指してうなずいた。水切り台にキッチンペーパーのロールが立てかけてある。

「もう行くよ」ヘイミッシュはグラスとボトルを慎重に運びながら言った。

「おいて行かないでくれ」アンガスが立ち上がった。

「そうだな、あんたも一緒にブレアのところへ行ったほうがいい。警部がどんな反応をするか、考えただけでもぞっとするが」

ヘイミッシュが予言者と一緒に駐在所に戻ると、ブレアがいた。駐在所はほとんどのロックドゥの家と同じで、鍵をかけることはまずない。

「ホテルにいらっしゃると思っていました。支配人が部屋を提供してくれたのでは？」

ヘイミッシュはむっつりと言った。

「ああ、たまたま通りかかったんだ、電話をする用を思い出してな。誰だこの人は？　何でウィスキーの臭いがする？」

ヘイミッシュは予言者のところから持ってきたボトルとグラスを慎重に取り出した。

予言者が座るのを見てから、ヘイミッシュは淡々と予言者の見た幻影について話した。

ブレアはいかにもおかしそうに、膝を打ちながら大笑いした。「ダヴィオット署長がストラスベインから来られた。捜査の進み具合を見るためにホテルにおられる。これを聞いたらどう思うかな？」

ブレアは上機嫌で受話器を取り、ダイヤルを回した。もしヘイミッシュ・マクベスが間抜けだという証拠がもっといるとすれば、まさにこれだ。

「署長、聞いてくださいよ。マクベスが地元の予言者アンガス・マクドナルドを連れてきました。誰かがこの変わり者の家の戸口にウィスキーのボトルを置いていったんで、一杯やろうとしたらしいんですが、そのとき死んだ母親があの世から彼を呼ぶのが聞こえて、毒が入っているとわかったんですと」

ブレアは大笑いした。電話の相手が何かがなり立て、ブレアの顔から笑いが消えた。ダヴィオット署長はスコットランド、ローランドの出身で、ハイランドとハイランドにあるものすべてをこよなく愛している。予言者はいかにもハイランド的で、それゆえ敬意をもって遇さねばと思っていた。「はい、署長がそうおっしゃるなら」。ブレアはもごもご言い、受話器を置いた。

「私はこのウィスキーを分析のためにストラスベインへ持っていく。お前とマクドナルドはホテルへ行って、署長にお会いしろ。この中身はきっとただのウィスキーで、他に何も入ってなぞいないさ。それがわかりゃ、お前たちは正真正銘の阿呆ってわけだ」

ダヴィオット署長はアンガスを丁重にもてなした。うやうやしく肘掛け椅子へと導き、コーヒーカップを手渡した。

今回は、アンガスは好意的な聞き手に向かって同じ話を繰り返した。

「ミセス・トマスが何を知りたがったのかを訊きに、マクベスにあなたを訪ねさせました。彼に話しましたか?」ダヴィオット署長が言った。

「話そうとしたところで、あの恐怖に襲われたんです。彼女は何かを知りたがったわけじゃない。暖炉の上にある陶器の犬を五ポンドで買い取ろうと言った。じゃが、わしはこの頃そんなものに値打ちが出ているのを知っとった。それで、欲をかくと命とりだぞと言ってやった」

「なぜそう言ったんです?」署長が鋭く訊いた。

「わしは千里眼だからじゃ」

「今日、急に千里眼になったんじゃないのか」ヘイミッシュが言った。「思うに、あんたはトリクシーの噂を聞いていた。で、彼女があんたの陶器の犬をだまし取ろうとしたので腹が立った。あんたを連れ帰って、コテージを調べたほうがよさそうだな。鑑識に来てもらおう」

「あんた一人で行けよ」アンガスが哀れっぽく言った。「わしはダヴィオット署長とここにいたい。このお方の顔には偉大さが現れておる」

ダヴィオット署長には十分すぎるお世辞だった。ヘイミッシュはタウザーだけを連れて立ち去った。

風のせいで地面が乾いていた。鑑識が足跡を見つけるのは無理だろう。裏口へ続く小路には敷石が敷かれていて、裏門の外はヘザーの荒野だ。

もし誰かがアンガスに毒を盛ろうとしたのなら、その誰かは、ヘイミッシュがアンガスを訪ねることを知っていたに違いない。だが、ブレアによれば、ヘイミッシュがアンガスを訪ねることは村じゅうが知っていたらしい。

コテージの裏の荒野に出て、そこからイアン・ガンの農場が見下ろせることに気づいた。ブレアか彼の部下はイアンを事情聴取しただろうか。あまり重要だと思わなかったので、ブレアにコウモリの件は伝えていなかった。雲の影が追いかけっこをするように荒野を横切り、風がザワザワと音を立てている。イアンのことを真剣に考えてみたほうがいいかもしれない。彼は予言者のコテージの裏に駆け上がり、ウィスキーを置いてくるだけでよかったのだ。

突然、立ち去るトリクシーを見たイアンの顔に浮かんだ憎しみの表情を思い出した。ブレアに言うべきだろう。重要な情報を隠していたとヘイミッシュを責めるだろうが。

ヘイミッシュが農場に着いたとき、イアン・ガンはキッチンにいて、ウェリントンブーツを脱ごうとしていた。ひょろっと背の高い息子が食卓につき、ミセス・ガンがストーブの上の鍋をかき混ぜている。

「ああ、あんたか、ヘイミッシュ」ガンが機嫌よく言った。「座ってくれ」

「ちょっと二人だけで話したいんだが」ヘイミッシュは言った。

イアンが妻といぶかし気に目を見かわし、ゆっくりと言った。「こっちへ」

ヘイミッシュはイアンについて、リビングへ入っていった。床のカーペットは新しかったが、殺風景な寒い部屋はあまり使われていないように見えた。花瓶には造花、窓にはうるさい模様のナイロンのカーテン、家具は黄緑色の、縁を切りそろえていないモケット織りの布がかかった三点セット。隅に大きなテレビがあった。だが、ガン一家はテレビを見る暇などないに違いない。皆、一日中働きづめだ。

「何か厄介事か?」

「トリクシー・トマスの件です。彼女に恨みを持っている人全員に聞き取りをしなければならんのです。それに、アンガス・マクドナルドが、彼のコテージの裏口に今日誰かが毒入りのウィスキーを置いていったと騒ぎたてているんです」

「アンガスは飲みすぎだ。ウィスキーに毒の味がしたって驚くにあたらんさ。それに、あのバカ女の死に、わしがどう関係するっていうんだ?」

「トリクシーが邪魔をしなければ、あんたはあのボロ小屋を解体できたんじゃないですか」ヘイミッシュは指摘した。

イアンは嘲笑った。

「あの女の立ち上げた野鳥保護の会は、コウモリのことをあちこちの保護の会に知らせたに違いない。バードウォッチャーがわしの土地に踏み込んできて、厄介なことになるだろうよ。バードウォッチャーが付き合いたいような気のいい連中だった頃のことを覚えているかい、ヘイミッシュ？　今でもほとんどのやつは問題ない。ただ、新しい種類の好戦的なやつらが出てきた。男どもはひげを生やして、迷彩服を着て、半月型の眼鏡をかけている。それに、歯並びが悪い。女は太った尻をジーパンに押し込んで、バッジのいっぱいついたアノラックを着ているんだ。追っ払えるもんなら、撃ってやりたいよ。いや、わしはミセス・トマスに毒を盛ったりしていない、ヘイミッシュ」イアンは内緒話をするように身をかがめた。「なあ、この頃わしらが政府から受けている嫌がらせを考えてもみろよ。スコットランドは殺し屋みたいな付加価値税で変わっちまった。ケチな役人どもは、それをごり押しして楽しんでいるのさ。トリクシー・トマスより殺したいやつなんぞ他にもごまんといる。あの女の夫がやったんじゃないか、きっと夫だ」

「なぜそう思う？」

「ジーンズにアイロンで折り目をつけて、白いスニーカーなんぞ履いている女と暮らすのを考えてもみろよ」

「そいつはぞっとするな」ヘイミッシュはニヤッとしたが、その後真顔になった。「なあ、イアン、ブレアにコウモリのことをまだ言っていないが、言うしかないようだ。面倒を覚悟しておけよ」

「大丈夫だ。先週、所得税調査官がやって来た。あいつに我慢できるんなら、ブレアにだって我慢できるさ」

ヘイミッシュが予言者のコテージへ引き返す途中、帰ってきた予言者と出会った。

「もうわしの話に興味はないとさ」アンガスが不満そうに言った。「夫を逮捕したんだ」

「ポール・トマスを？　なぜ？」

「彼じゃない、最初の夫だ」

「最初の？」

「そうさ、宿泊客のジョン・パーカーが最初の夫だったんだ」

ヘイミッシュはまっすぐホテルへ向かった。ジョン・パーカーはホテルが警察に割り当てた部屋で、ブレアと二人の部下から尋問を受けていた。ヘイミッシュはドアから顔を出した。

「失せろ！」ブレアが怒鳴った。

ヘイミッシュは退散した。ダヴィオット署長はどこだろう？　地元の警官として、ヘイミッシュ・マクベスは尋問の場にいあわせるべきではないだろうか。

前庭にホテルの支配人がいた。「ダヴィオット署長はどこにいるんだい？」

「ストラスペインへ戻ったよ。船で密売麻薬の押収が大成功したんだと。こっちの殺人なんてどうでもよくなったのさ」

支配人のミスタ・ジョンソンが言った。

ヘイミッシュはローレル荘へ向かった。ポールが庭仕事をしていた。

「彼女の最初の夫というのはどういうことだ？」

草むしりをしていたポールはゆっくりと立ち上がり、土のついた手で額をなぜた。「私もびっくりだよ」ポールは当惑していた。「なぜ彼女は言ってくれなかったんだろう？」

「二人が言い争いをしていたとか？」

「いいや、知らない同士みたいだった。たぶん彼が彼女を殺したんだ。でも、もうどうでもいい。彼女は帰ってきやしない」涙がポールの頬を伝い落ちた。ヘイミッシュはぎこちなく彼の肩をたたいた。

「彼の部屋を見てもいいかい？」

「鑑識の人でいっぱいだよ。何もかも隅々まで調べている。もう先に一度調べたのに。何か見つかるとは思えない。早く引き上げて、一人にしてほしいよ」

　ヘイミッシュが駐在所に戻ったちょうどそのとき、プリシラが車でやって来た。

彼女に会えて嬉しかったが、驚いたことに彼の心はときめかなかった。キッチンに座り、彼女に予言者のこと、最初の夫のことを話した。

「アンガスに毒を盛ったのは地元の人じゃないかしら?」黙って注意深くヘイミッシュの話を聞いていたプリシラが言った。

「なぜそう思う?」

「アンガスの透視力で何かの秘密を知られたと恐れている人がいるのよ。そんな風に考えるのは地元の人だけ。ポール・トマスや最初の夫は千里眼なんて信じるとは思えないもの」

　ヘイミッシュはまたお茶を注いだ。

「おびえた殺人者はどんなことでも信じようとするものだよ。ブレアが先走って、証拠もないのに、ジョン・パーカーを逮捕しなきゃいいんだが。ちょっとブレアと話してみたほうがよさそうだ」

「ブレアならやりかねないわ。あら、あれいいわね」網戸に気づいて、プリシラが言った。

「アメリカ人の旅行者夫婦が教えてくれたんだ。ああ、そのカール・スタインバーガーに話を聞けばよかった。彼は二、三日トマスのところに泊まっていたんだ。彼はどこから来たんだったっけ？　ああ、そうだ、コネチカットのグリーニッチだ。もう帰っているだろうな。ちょっと失礼するよ、プリシラ。グリーニッチの警察に電話して、カール・スタインバーガーの電話番号を聞いてみよう」

キッチンから出ようとしたとき、プリシラが立ち上がった。「気にしないで、ヘイミッシュ。私、アンジェラ・ブロディーを訪ねようと思うの。ちょっと心配だから」

ヘイミッシュは足を止めた。「なぜ？」

「何だか心配なの。何もおかしなことがないのに、人の性格をあれこれ詮索するなんて、やっちゃいけないことだけれど」

プリシラはヘイミッシュのことを考えながら、ドクター・ブロディーの家へ向かった。ヘイミッシュは以前と同じく親し気だけれど、その親しさから何かが抜け落ちたような気がする。前のように彼女の前ではにかんだりしない。一緒にいても彼女以外のことを考えているような。見捨てられたような不安な気持ちになった。

プリシラは勝手口へ続く小道を行き、ドアノブに手をかけようとして、立ち止まった。

中からブーンという聞き覚えのある音が聞こえてきた。

アンジェラは真剣な表情で機を織っていた。ジーンズとスニーカーを履き、胸に〝コウモリを救おう〟と書かれたよれよれの白いTシャツを着ている。

顔を上げ、プリシラを見て立ち上がった。「あら、ミス・ハルバートン・スマイス。コーヒーはいかが?」

プリシラはピカピカの消毒されたキッチンを見渡した。アンジェラはコーヒー豆——きっとニカラグア産だ——をコーヒーミルに入れた。プリシラはテーブルについて思った。ヘアスタイルは驚くほど女性の印象を変えると。アンジェラのパーマは少しも崩れる様子を見せていない。カチッとした小さなカールが頭を覆っている。ウールワースで買った安物のカツラのようだ。端に深いしわの寄った唇は以前より薄くなったように見えた。

「機織り機を持っているとは知らなかったわ」

「ポールがくださったの。かわいそうな人、家に置いておきたくないからって。見るたびに、トリクシーがそこに座っているような気がするんですって」

「調子はいかが?」プリシラが言った。

「あまりよくないの」アンジェラはコーヒーマシーンにコーヒー豆を入れながら言った。

「禁煙集会が昨夜あったんだけど、何人来たと思う？　二人よ。そのうち一人は浮浪者のジミー・フレーザー、禁煙講座だと思ったんですって」

「禁煙講座にしたほうがいいんじゃないかしら。厳しく禁止するより、禁煙したい人の手助けをするほうが効果的だと思うわ」

「誰もが、心の中では喫煙は危険だとわかっているはずだわ」

「でも喫煙は中毒なのよ。飲酒や砂糖の摂りすぎと同じで。何かの記事で読んだけれど、中毒者は一方的な厳しい禁止より、さりげない助言に心を開くって。飲んで目が見えなくなったりする有毒なメチルアルコールなんかを禁止するアメリカの法律をごらんなさい。たしか、そういうものが手に入ったときより、禁止されたときのほうが中毒者が多くなったと聞いたわ」

アンジェラはかたくなに口をキュッと結んだ。「トリクシーは、人は何が自分のためになるかわかっていないと言ってたわ。導いてやらなきゃいけないって」

「人を導いてやろうなんて思ったら、ミセス・ブロディー、敵をいっぱい作ることになるわよ」

「なんて意地悪なことを言うの！」

「でも、本当のことよ」プリシラが憂わし気に言った。「あなたが心配なの、ミセス・ブロディー。トリクシー・トマスが現れる前、あなたはもっと幸せそうだったわ」

「以前の私は半ば死んでいたのよ」アンジェラは激しい口調で言った。「世の中には、しなければならないことがたくさんあるわ。トリクシーは言ってた。誰も何もしないで手をこまねいていたら、何も変わらないって」彼女は深く息を吸い、意気揚々と言った。「私、ロックドゥの非核地域宣言をしようと思う」

「まあ、ミセス・ブロディー、あなたが⁉」

「委員会を作るわ」

プリシラは途方に暮れた。アンジェラの何かがとてもおかしなことになっている。更年期なのかしら。以前よりもっと痩せた。それも、以前のようなしなやかさはなく、触ればもろく崩れそうな痩せ方だ。指は小枝のように細く、頬が深くくぼんでいる。プリシラは急に逃げ出したくなった。昔風のハエ取り紙がキッチンの灯りからぶら下がり、そのネバネバの紙につかまったハエが悲し気に瀕死の羽音を立てている。

「急に用事を思い出したわ」プリシラは嘘をつき、立ち上がった。この息の詰まるような空気の中で、一滴一滴ゆっくり落ちるコーヒーがポットを満たすまで、とても待ってはいられない。

プリシラはドアへ向かいながら言った。「ミセス・ブロディー、知ってる？　今日アンガス・マクドナルドの家の裏口のドアの外に毒入りウィスキーが置かれていたんですって。誰かが彼を毒殺しようとしたと訴えるつもりらしいわ」

「あのバカな年寄り。もうずっと働きもしないで。バカげた予言なんてことばっかり」

プリシラは外に出ると、暖かい湿った空気を深く吸い込んだ。風は止み、小雨が降っていた。ヘイミッシュの電話はどうなったかしら？

すべてが驚くほどうまくいった。コネチカット、グリーニッチの警察はカール・スタインバーガーを知っていた。郊外に小さな電子機器工場を持つ人物だった。ヘイミッシュは電話番号を教えてもらい、電話を掛けた。

いつものハイランドの流儀で、ヘイミッシュはすぐには要点に入らず、網戸やハエのことをぐずぐず話していると、ミスタ・スタインバーガーが慇懃に遮った。「ねえ、お巡りさん、あなたと話すのは嬉しいが、私はちょっと忙しいんで」

「トマス夫妻のことをどう思ったか聞きたかったんです。奥さんが毒殺されたもので」

「何と！　何で？」

「ヒ素で」

「殺鼠剤か何かで?」

「まだわからないんです。もう一人の宿泊客のジョン・パーカーが彼女の最初の夫だということはわかったんですが」

「あなたに言えることは何もないですな。ただ、私たちは彼女が好きではなかった。家内は、彼女が御主人を能なしに見せるのがうまいと言っていたが、そんなことは別にどうでもよかった。宿は清潔だったし、食事も良かった。パンやケーキは最高だったよ。私たちはかなり太ったに違いない。だが、ケーキを食べるのは少しも楽しくなかった。ダイエット中の御主人がテーブルのそばで、私たちが口に入れるケーキの一口一口をにらみつけていたからね。ジョン・パーカーって人は、部屋で食事をとって、散歩に出ていないときは、ずっとタイプを打っていたよ。それぐらいしかわからんね」

ヘイミッシュは礼を言って、電話を切った。ジョン・パーカーは取り調べで何を言ったんだろう? ヘイミッシュは食料品店でウィスキーのボトルを買った。必要なウィスキーを買うために、今夜あたり猟銃を持って出かけて、大佐のライチョウを数匹仕留めて、ストラスベインへ売りに行ったほうが良いかと考えながら。

ぶらぶらとホテルに戻り、外に立って、漁船を眺めた。

やっとブレアの大きな声が聞こえてきた。ヘイミッシュはホテルの仕切り壁に近づいた。ブレアは二人の部下のほうを向き、ヘイミッシュに背を向けて立っている。ジョン・パーカーの姿はなかった。部下の一人ジミー・アンダーソンが、仕切り壁の上に現れたヘイミッシュの顔をちらっと見た。ヘイミッシュがウィスキーを掲げてみせると、ジミーは小さく頷いた。

ヘイミッシュは駐在所に戻り、ジミーを待った。

半時間後にジミーがやって来た。「話を聞きたいなら、まず飲ませろよ。ブレアはカッカしている。パーカーを逮捕できなかったんだ」

ヘイミッシュはジミーのグラスにウィスキーを注いだ。「パーカーの経歴は？」

「元薬物常用者。大麻とコカイン。無職だった。そこへソーシャル・ワーカーのトリクシー・トマスが現れて、彼の面倒を見始めた。彼の書いたものを見て、出版社とエージェントにせっついて、書かせた。薬物をやめさせ、稼げるようにした。それからどうしたと思う？」

「離婚した」

「どうしてわかった?」

「知ってたわけじゃない。当てずっぽうだよ。ともかく、彼はまだ彼女を愛しているのかな? ポール・トマスは彼がトリクシーの元夫だと知っていたのか? 結婚したときに、知ったに違いないと思うが、ポールは知らなかったと言ってた。だが、知っていたはずだ」

「いや、トリクシーはパーカーと離婚後に旧姓に戻っていたんだ」

「それでもやっぱり、知っていたさ。再婚には離婚証明が要るからな」

ジミーはニヤッとした。「トリクシーが何もかも取り仕切って、ポールは結婚登記所で、『ハイ』と言うだけだっただろうさ」

「それはいつのことだ?」

「今年だ」

「パーカーと離婚したのは?」

「十年前」

「子どもは?」

「いない。できなかったらしい。ウィスキーをもう一杯いただきたいね」

ヘイミッシュはウィスキーを注いだ。「パーカーは彼女の居所をどうやって知ったんだ？」

「彼女が手紙を書いたんだ。彼が自作の映画化権を売ったのを、たぶん雑誌か何かで知って、宿泊してほしいと頼んだんだろう。彼女はまったく慰謝料を要求しなかった。だから彼は彼女に借りがある。ポールには知られたくないが、彼女がパーカーに切り開いてやった人生のお返しをしてもらうには良い方法だと思ったんだろう。意気地なし男はやって来た。週に二百ポンド払ってた。ポールには内緒で。彼女は現ナマを受け取っていた。所得税も消費税も関係ないやつを」

「彼女は遺言書を残していたのか？」

「ああ、全部ポールに。家はすでにポールのものだが、それ以外に二万ポンド」

「貧乏を嘆いている者にとってはちょっとしたもんだが、殺すほどの額じゃない」

「なあ、ちょっと助けてくれよ」ヘイミッシュはイアン・ガンとコウモリのことを話した。「ブレアに話しておこう。彼はパーカーが犯人だと証明しようと躍起になっているから、たぶん耳を貸さないいさ」

「パーカーとちょっと話してこようと思う。ウィスキーの分析結果が出たら、知らせてくれよ」ヘイミッシュが言った。

「わかった」グラスを干して、ジミーが言った。「そのウィスキー、取っておいてくれよ」

ヘイミッシュが訪れると、パーカーは部屋でタイプを打っていた。

「パーカーさん」ヘイミッシュは厳しい口調で言った。「トリクシー・トマスを知らないなどと見え透いた嘘を言ったのはどういうわけですか？」

「仕事が山積みなんだ。私は彼女を殺していない。尋問されるのはまっぴらだ。たぶん知っていると思うが、私は昔麻薬をやっていた。何度か法を犯したこともある。警官に好意を持っているとは言えない」

「私も嘘つきには好意を持っていない」ヘイミッシュは冷たく言った。

「申し訳ない、お巡りさん。だが言った通りなんだ」

「あなたの結婚について話してください」

「あんまり話すこともない。トリクシーが見つけてくれたとき、私はひどい状態だった。彼女は私を薬物更生施設へ連れていき、その費用を払ってくれた。私がそこに入っている間に、私が書いたものを見て、施設から出てくると、エージェントや出版社へ連れ回した。私の原稿を校正し、タイプしてくれた。トイレに行くこと以外、全部彼女がやってくれたよ」そして荒々しい口調で言った。「なあ、君のおかげで立ち直れた、ありがとうとずっと言い続けるっていうのはひどくつらいことだ。そんなとき、彼女が私と離婚すると言い出したんだ。自分の幸運が信じられなかったよ」

ヘイミッシュは驚いた。「じゃあ、なぜここへ来たんです？」

パーカーは小さなため息をついた。「たぶんまだ彼女に恩を感じているんだ。もう一度彼女に会いたいと思った」

「で、会ったら、どうでした？」

「なんともなかった」パーカーは驚きの混じった声で言った。「ポールがいたし、村の女たちを完全に牛耳っていた。宿は快適だし、ここはきれいな所だ。仕事が進んだよ」

ヘイミッシュはタイプライターの原稿を見た。第十章に差しかかっている。彼の言ったことが本当なのは明らかだった。「ルーク・マリガンは」ヘイミッシュは読んだ。「あぶみを押さえているローラを見下ろして微笑んだ。彼のいかつい顔を奇妙な優しさがよぎった」

机の上に原稿が山積みされている。題名は『ザールのアマゾネス』。

「ウエスタンではなさそうですね」ヘイミッシュが言った。

パーカーのいかつい青ざめた顔が一層無表情になった。「ＳＦなんだ」立ち上がり、原稿をつかむと、使い古したスーツケースを開けて、放り込んだ。ヘイミッシュはどんな話か読んでみたくてたまらなくなった。

「トマス夫妻の仲をどう思いました？」

「とてもよかったよ。普通の夫婦さ。彼女は母さんめんどりみたいに、うるさく彼の世話を焼いて、彼はそれがまんざらでもないようだった」

ヘイミッシュは立ち上がった。「村を出ないようにと言われたと思いますが」

「ああ、あいつ、ブレアは何としてでも私を犯人にしたいらしい。実際、誤認逮捕で彼を訴えると言わなかったら、私を逮捕していただろう」

ヘイミッシュは立ち去る前に部屋を見回した。トリクシーが村の人たちからアンティークの家具をかき集めたとしても、全部オークションに出したに違いない。パーカーの部屋の家具は白くてモダンな、たぶんインヴァネスで買って、家で組み立てたユニット家具だった。

「村の噂じゃ、あんたはハルバートン・スマイス家と親しいらしいな」

ヘイミッシュは驚いた。「娘とは友達ですが、ハルバートン・スマイス大佐は親しいとは言えませんね。なぜそんなことを聞くんです？」

「城を見て回りたいんだ」

「そんなに古い城じゃない。ヴィクトリア朝に建てられた奇怪なゴシック建築ですよ」

「それでも、本の中で使えるかもしれない」

ヘイミッシュは素早く考えた。パーカーが城に行けば、その間に彼が隠したがったあの原稿をちょっと盗み読みできるかもしれない。

「できると思います。明日はどうです？」

「好都合だ」

「ミス・ハルバートン・スマイスに電話して、戻ってきてから返事をしますよ」

ヘイミッシュが駐在所に戻ると、ちょうどジミー・アンダーソンがやってきた。「もう一杯飲ませろよ。ブレアが怒り狂っている。やっぱりヒ素だったんだ、あの予言者じいさんのボトルに入っていたのは」

「マスコミが押し寄せるぞ」ヘイミッシュがうっとうしそうに言った。「売れる話だ。『私は自分の死を見たと、予言者は言った』なんてね。で、ブレアはどうするんだ？」

「明日、アンガスのじいさんを逮捕すると脅すつもりだ」

「なんでまた？」

「捜査妨害で。あのじいさんがマスコミに書いてもらうために、自分でウィスキーに毒を入れたと言うんだ」

「ありうるな」

「ダヴィオット署長が怒り狂っている。早急に解決しないと、ブレアを捜査から外すってさ」

「ブレアみたいな男に、そんなことを言うのは賢いやり方じゃないな。頭に浮かんだ最初の人物を逮捕しかねんぞ」

「さあ、飲ませろよ」

二人は座って、事件のことを話し合っていたが、そのうちに、ジミーは、ブレアがストラスベインへ帰りたがって、自分を捜しているかもしれないことに気づいた。

ジミーが去ると、ヘイミッシュはトンメル・キャッスルに電話をかけ、プリシラにつないでもらおうとした。

「ミス・ハルバートン・スマイスはお出かけです」執事のジェンキンズが言った。

「なあ、すぐに彼女を呼んでこい、この俗物野郎。さもないと今すぐそこへ行って、歯をへし折ってやるぞ」ヘイミッシュはほがらかに言った。

電話に出たプリシラが言った。「ジェンキンズに何を言ったの？　彼、縮みあがって、こそこそやって来て、私が家にいるのを知らなかったって言うの。さっき飲み物を持ってきてくれたばかりなのに」

「気にしないで。ちょっとお願いがあるんだが」ヘイミッシュはジョン・パーカーのことを話し、少なくても一時間、彼をトンメル・キャッスルに留めておいてくれるよう頼んだ。

「いいわよ。明日の夜ホテルでディナーはいかが？」

「時間が取れるかどうかわからないんだ。この事件の何かを掴めそうな気がしているんだ」

短い沈黙ののちに、プリシラが言った。「わかったわ。じゃあ、またの機会に」

ヘイミッシュは彼女に礼を言って電話を切った。

プリシラは考え込み、突っ立ったまま受話器を見つめた。ヘイミッシュがディナーの誘いを断ったことなどこれまで一度もなかった。ガールフレンドができたのかしら。急に腹が立ってきた。プリシラは執事に小言を言いに行った。電話をしてきた彼女の友人に嘘を言ってはダメだと。

ヘイミッシュは制帽をかぶり、タウザーを呼んで、巡回に出かけた。金曜の夜だ。パブへ行って、飲んで運転しようとする輩はいないか、見張らねばならない。

マクリーンの家の前を通ったとき、中から怒鳴り声と女の甲高い叫び声が聞こえた。急いで玄関に走り寄り、ドアを開けて中へ入った。

アーチーと妻がテーブルを挟んで立っていた。妻はぶたれたかのように、頬を押さえている。

「どうしたんだ?」

「邪魔するな!」アーチーがこぶしを振り上げてヘイミッシュに向かってきた。タウザーはこそこそとテーブルの下に潜り、座り込んだ。ヘイミッシュは長い腕を伸ばしてアーチーの手首を掴むと、アーチーの腕をくるっと背中に回してひねり上げた。「何があったか言え、アーチー! さもないと腕の骨を折るぞ」

「亭主を放して!」ミセス・マクリーンが喚いた。「ちょっと喧嘩してただけよ」

ヘイミッシュは目ざとく彼女が背中に何か隠し持っているのに気づいた。もし、何としてでもそれを隠そうというのでなければ、彼女は亭主を助けに飛び出してきそうな勢いだった。

「放してくれよ」アーチーがうめいた。

ヘイミッシュは彼を放して椅子に座らせ、ノートと鉛筆を取り出した。「さあ、初めから話せ、何があった？」

「何でノートなんか取るんだ？」アーチーが喚いた。「捜査令状を持っているのか？　何の権利があって他人の家へ勝手に入り込むんだ？」

マクリーン夫妻は、ヘイミッシュがノートに目をやりながら突っ立っているだけに思えたが、次の瞬間、ヘイミッシュはさっと動いて、ミセス・マクリーンの背後に回ると、彼女の持っている物をもぎ取った。彼女は叫び声を上げ、彼の顔をひっかこうとし、彼は跳びずさった。

ヘイミッシュは手にした缶を見た。テーブルの下でタウザーがおびえてクーンと鳴いた。

「それで」ヘイミッシュは二人のおびえた顔を見た。〝デッドオー殺鼠剤〟。

「何でもないわ。ネズミがいるの。だからこの間ペイテルの店でそれを買ったの」ミセス・マクリーンが言った。

「ペイテルに訊いて、いつあんたが買ったか確かめよう」

長い沈黙があった。「家内がペイテルの店で買ったんじゃない。俺がコイルのイアン・

ガンから買ったんだ」アーチーは妻のほうを向いて言った。「お前が黙ってさえいりゃ……」

「黙ってろだって！」ミセス・マクリーンが怒り狂った。「じゃあ、あんたの下着の引き出しにそれがあったのはどういうわけよ？」言ってから、はっとして口を押さえ、おびえた目でヘイミッシュを見た。

「どういうわけだい、アーチー？」だがアーチーは答えない。「私に言うか、ストラスベインへ行ってブレアに言うか、どちらかだ」

「あんたに言うよ」アーチーはしょげ返って言うと、妻のほうを見た。「食器棚の奥のほうで見つけたんだ。古い小麦粉の缶の中に入ってた。だから俺の部屋に隠したんだ」

「バカな男だね」彼の妻が言った。「ジーンと子どもたちがお茶に来るのを忘れたのかい？ちびのローリーはまだ二歳なの」彼女はヘイミッシュに説明した。「あの子はね、キッチンの流しの下に潜り込んで物を取り出すんだよ、だから子どもに見つからない所に隠したんだ。もう一年も前からあるよ。庭の物置にネズミが出るんで」

ヘイミッシュはマクリーン一家のことを思い返した。ジーンは彼らの娘で、三人の幼い子どもがいる。あちこち潜り込みたがるローリーはそのうちの一人だ。

「それで、アーチー、あんたは奥さんがミセス・トマスを殺したと思った。で、奥さんはご亭主がやったと思った。まったく、ミセス・トマスはおかしな喧嘩の原因を作ったもんだ。この缶は私が預かる。いったいどこで買ったんだ？」

「一年前にペイテルの店で」ミセス・マクリーンがぼそぼそと言った。「私を責めることはできないよ。この人、あの女の手を握ったんだ。私の手は、言い寄っているときにだって、握ったこともなかったのに」

妙に哀れっぽい訴えるような様子で、彼女は赤い手をヘイミッシュのほうへ突き出した。その手は、長年熱湯と漂白剤とアンモニアに浸けられて醜く形が崩れている。結婚指輪は、赤くテカテカ光る指の節の膨れた肉の下に埋もれていた。

「明日ブレアに報告しなくちゃならない。この缶は預かっておくよ」ヘイミッシュがむっつりと言った。

ヘイミッシュはマクリーン夫妻を眺めながら、トリクシー・トマスはまだ生きていると想像して憤然とした。アーチーが犯人だったとしてもおかしくなかった。マクリーン夫妻は長年睦まじく暮らしてきた、だが二度と元には戻れないだろう。

口笛でタウザーを呼び、外へ出た。晴れた夜だった。雨は上がり、大きな星が瞬いている。タウザーはヘイミッシュの後をとぼとぼついてくる。「お前はほんとに憶病だな」へイミッシュが犬を見下ろして言った。タウザーはヘイミッシュの手をなめ、そっと尻尾を振った。「だが良い犬だ。羊をいじめるやつより、臆病な犬のほうが私は好きだよ」かがんで、犬の耳の後ろを掻いてやった。タウザーは許されたと思ったのか、嬉しさのあまりピョンピョン飛び跳ねた。

ペイテルの店は真っ暗だったが、ヘイミッシュは店の横へ回り、二階の住居へ続く階段を上った。しばらくすると、明るい赤のサリーを着たミセス・ペイテルが戸口に現れた。

「まあ、ミスタ・マクベス、こんな夜中に何の御用？」ミセス・ペイテルが苛立たし気に言った。

エキゾチックな姿の婦人がスコットランド訛りで話すのを聞くと、いつも驚かされる。ご亭主と話したいと言うと、いやいや中へ入れてくれた。リビングは明るくけばけばしかった。鮮やかな赤のビロードの三点セットの家具が置かれているが、運び込まれたときのままビニールがかぶされている。彫刻を施されたテーブルの上の金メッキの籠に、巨大なチューリップの造花が活けてある。テーブルの脚は象の形だった。カレーの香りが充満している。ミスタ・ペイテルが入ってきた。濡れたような茶色の目、とがった鼻の小柄な黒人だ。

「今晩は、ミスタ・マクベス。一杯やるかい?」

「いや、今夜はやめておこう、ミスタ・ペイテル。この間、誰かに殺鼠剤を売らなかったかと訊いたとき、あなたは売っていないと答えたと思うが、ミセス・マクリーンが一年前に買ったと言っている。〝デッドオー〟というやつだ」

「最近のことを訊かれたのかと思ったんだ。ああ、一年前にストラスベインの卸問屋から二ダース仕入れたよ。自分でも使ってみたが、あまり良くなかった。ネズミは少しも減りゃあしなかった」

「なあ、これがどういうことかわかるだろう?」ヘイミッシュがむっつりと言った。「ブレアは明日、村じゅうを回って、殺鼠剤の缶を集めてこいと言うだろうよ」

「面倒なことは放っておけよ」ペイテルがニヤッとして言った。「なんでブレアなんか気にするんだ。あいつは阿呆だよ」

「その阿呆は私の上司なんだ。ミスタ・ペイテル、誰に売ったか思い出せるかい?」

「ミセス・ウェリントンに売ったよ。教会にハツカネズミが出るんだと。大きなネズミ用の殺鼠剤しかなかったんだが、罠を仕掛けるのは嫌だから、それで試してみると言ってた。

ドクターの奥さんのミセス・ブロディーも買ったよ。同じくハツカネズミ用に」

「他には？」

「ええっと、そうだ！　ウィレットの不動産屋にも売ったな。トマス夫妻の買った屋敷を管理していたところだ。長いこと空き家だったから、ネズミが入り込んでいた、というか入り込んでいると思ったんだろう」

ヘイミッシュはペイテルに礼を言い、ブレアに電話をかけて、留守電に殺鼠剤について伝言を残した。その後ジョン・パーカーのところへ行くと、彼はミス・ハルバートン・スマイスから電話があって、明日の朝十時に城へ招待してくれたと伝えた。ブレアは殺鼠剤の缶を全部探し出せと言うだろう。だが、それは、ジョンが隠したがった原稿を読むいい言い訳になる。

ヘイミッシュはお休みを言うと、海辺をパブに向かって引き返した。いつものようにスコットランド、ハイランドの酔っ払いの相手をするのは、ほっとする仕事だ。

第六章

私はクラブで沈黙し、
パブで沈黙し、
ダリエンのバリーピークで沈黙する。
私はナイフでエンドウ豆を押し込んで
一生詰め込みます。
私は厳格な菜食主義者だからです。

野蛮人の野生の牝の乳よりも
牛の乳が私の家を汚すことはありません。
私はポートとシェリー酒に固執します。

なぜなら彼らはとても、とても
とても、とても、とてもベジタリアンだからです。
――G．K．チェスタトン（『空飛ぶ旅』より
ギルバート・キース・チェスタトン協会のサイト参照）

翌朝、予期していた通り、ジミー・アンダーソン刑事が村じゅうの殺鼠剤を調べろというブレア警部からの命令をもってやって来た。「ボトルの中身はまだ残っているかい？」期待を込めてジミーが言う。

「朝の八時から？」ヘイミッシュは叫んだ。「後で戻ってこいよ。ブレアは記者会見の準備をしているかい？」

「手掛かりなしで吠えたてているだけだが、一張羅を着て、髪をでっかい耳の周りになぜつけて、やる気満々さ」ジミーがにやりとして言った。

ヘイミッシュはタウザーを庭に閉じ込めて出かけた。まず訪ねた牧師夫人のミセス・ウエリントンはキッチンにいた。夫の牧師がさも嫌そうに、スプーンでボウルの中のミューズリを突いている。「お座り。コーヒーを淹れるから」ヘイミッシュを見て、夫人が言っ

た。

ヘイミッシュはテーブルについた。「健康的な朝食ですね」と言うと、牧師はため息をついて、スプーンを置いた。「飢えるのは誰にとっても嫌なことだ。それを食べてしまわないと、他には何もあげませんと言われる子どもに戻ったような気分だよ」

「それは天国へいたる道でしょう。小さな子どもに戻るわけですから」ヘイミッシュは陽気に言った。

「私に向かって聖書の引用などしないでくれ、マクベス」牧師が苛立たし気に言った。

「何の用だ?」

牧師夫人がヘイミッシュの前にコーヒーのカップを置いた。ヘイミッシュは一口飲んでむせ返った。「〝デッドオー〟という殺鼠剤を探しているんです。このコーヒーはいったい何です、ミセス・ウェリントン?」

「タンポポコーヒーよ。ミセス・トマスが作り方を教えてくれたの」

ヘイミッシュはむっつりとカップを押しやった。

「な、わかっただろう。ランチはどうだい? イラクサのスープが出るぞ」牧師が言った。

ヘイミッシュは牧師を無視して言った。「殺鼠剤です。一年前にペイテルの店で買ったでしょう。ハツカネズミがいるということで」

「買ったわ」ツィードの上着を着た大きな肩越しに牧師夫人が言った。恐ろしい勢いで流しの中の皿を洗っている。「あまり効き目はなかったわ。ネズミたちは勝手に出ていったのよ」

「まだ残っていますか?」

「いいえ、もう何か月も前に捨てたわ」

「本当ですか?」

牧師夫人は泡だらけの手を腰に当てて、振り向いた。「私に嘘をつく習慣はないよ、ミスタ・マクベス」

「他を当たってみます」ヘイミッシュは立ち上がった。

「まだコーヒーが残っているぞ」牧師が言った。

「急いでいるので」ヘイミッシュは帽子をとって、ドアに向かった。牧師が彼について出てきて、悲しそうに言った。「こんな状態が、いつ終わるのかね? Tボーン・ステーキと山盛りのポテトフライの夢を見るよ。なあ、ミスタ・マクベス。あのトマスっていうゲス女は、ロックドゥの女たちに夫をいじめさせようとした。女たちの中に潜んで、ずっと出番を待っていた弱い者いじめの性格を爆発させたんだ」

「殺人事件が解決したら、正常に戻るでしょう。葬儀はいつです？」

「今日だ。午後三時」

「ミセス・トマスがスコットランド教会の信者だったとは驚きです」

「違うさ。彼女は無宗教だった。だが、キリスト教徒として埋葬してやりたいと、夫が望んでいるんだ」

「イングランドから家族が来るんですか？」

「いいや、それが妙なんだ。両親は亡くなっているし、兄弟もいない。だが、普通、叔母や叔父とか、友人とか誰かが列席しようと思うものなんだが。よっぽど嫌われていたんだろう」

「そうでしょう。もし生きていれば、ここでもだんだん不人気になっていたと思いますよ。誰かが、殺したいほど彼女を憎んでいたんだ。家具か装飾品を彼女にあげませんでしたか？」

「ああ、やったよ」牧師は腹が立ってきたようだった。「祖父母から受け継いだヴィクトリア朝の水差しと洗面器があったんだが、家内が彼女にやってしまった。猛烈に腹が立ったよ。今じゃとても価値のある物なのに」

ヘイミッシュは立ち止まり、雨の降る入江を眺めた。「殺鼠剤を探すついでに、彼女が高価なお宝を手に入れたかどうかも調べたほうがいいようですね」

「世に知られていないレンブラントとか？　彼女が人々から物をせしめる技は驚くばかりだったよ。ディーラーたちが掘り出し物を求めて、村の家や農場をしょっちゅう訪ねているのを考えるとな。向かいのマクゴーワンのばあさんは長年ディーラーたちに悩まされているが、それでも頑固に何一つ売ろうとしない。ミセス・トマスもばあさんのところへ行ったようだが、うまくいったのかな？」

ヘイミッシュはしばらくミセス・マクゴーワンを訪ねていなかった。彼女は孤独な気難しい老人で、訪ねていって楽しい人ではない。だが、時々訪ねて、安否を確かめるのが彼の義務だと感じてはいた。今ではもういつぽっくり逝ってもおかしくない歳だ。誰にも知られずに。

「もう出かけたほうがいいようです。ミッジの餌食になる前に」ヘイミッシュは虫よけスティックを取り出し、顔に塗った。「ブレアは機嫌が悪くなるだろうな。アンガス・マクドナルドの殺人未遂で、マスコミが押し寄せるに違いない」

「そうでもないだろう」牧師が言った。「彼はこの間の選挙の前に、テレビと新聞で結果の預言をしたんだ。全部外れた。それ以来、ロックドゥ以外では彼に興味を持つ者はいないよ。本当に彼は何かを予見したのかな？」

「本当だと思います。嘘ばかりの人生の中で、彼は初めて実際に何かを予感したに違いない」

さらに数件、殺鼠剤のことを訊いて回ってから、十時になり、ローレル荘へ向かった。ポールが丸太を割っている。前よりも太って、屈むと、腹がズボンのベルトの前にはみだしている。ジョン・パーカーの部屋を覗いてみたいが、それをジョンには知られたくないとヘイミッシュが言うと、どうぞご勝手にという風に肩をすくめ、仕事に戻った。

ヘイミッシュはむき出しの階段をジョンの部屋へと上った。この館が建てられたヴィクトリア時代には、階段は分厚い絨毯で覆われ、部屋には家具や飾りがごてごてと置かれていたのだろう。今は殺風景で、ユースホステルのようだ。松と消毒剤と燻煙材と安物の石鹸のにおいがした。

ジョン・パーカーの部屋は鍵がかかっていなかった。ドアを開け中に入った。スーツケースが見当たらない。だがすぐに、衣装ダンスの上にあるのに気づき、下におろした。スーツケースを開けて原稿を取り出すと、ざっと目を通した。『ザールのアマゾネス』。

ヘイミッシュはこれまでばかげた話をいくつも読んできたが、そのうちでもこれは傑作だ。華麗な文章が連なっている。「男たちは女たちの奴隷で、満月ごとに――ザールには五つの月がある――呼び出され、女たちのセックスの相手をさせられる」あくびをしながら読み進めた。「そこへ、ルーク・ジェンセンというヒーローが現れる。彼の西部物の主人公ルーク・マリガンとよく似たいかつい顔の男だ。彼は三つ頭の怪物に守られている希少な禁断の植物〝ザイザ〟を手に入れる。そこから抽出した毒で、アマゾネスのリーダーを殺す。すると、今まで威張りかえっていた女たちは、魅力的なブロンドの娘に変わり、男たちにすり寄り、〝本当の女〟に戻してくれたと、ルークに感謝するのだった」

ヘイミッシュは原稿を置いた。トリクシーはジョンにとって、アマゾネスのリーダーだったのだろうか？　トリクシーと彼女は驚くほど似ている。もっともトリクシーは生成りの麻のスモックに、ブルージーンズとスニーカーだったが、アマゾネスは真鍮のブラジャーに、チェーン、それに革の腰布を身に着けているが。

ヘイミッシュは原稿を注意深くスーツケースに入れ、スーツケースを衣装ダンスの上に戻して、部屋を出た。ミセス・ケネディーが青白い顔の子どもたちとキッチンにいた。

「家に帰る許可が出たのでは？」

「ああ、二、三日のうちに帰るよ。ちょっとここにいようと思ったんだ。宿代を払わなくてもいいいし、新鮮な空気は子どもたちに良いからね」

「警察には知らせているでしょうね。ところで、どうしてここへ来たんです？　ミセス・トマスは『グラスゴー・ヘラルド』に広告を載せたようですが」

「サザーランド観光局に電話をしたら、この新しい宿が安いと教えてくれたもので」

「ご主人の職業は？」

「夫はいないよ」ミセス・ケネディーはあっけらかんとして言った。

「じゃあ、子どもたちの父親の職業は？」

「どの子の父親？　全員は思い出せないね」彼女はかすれた笑い声をたてた。

「そんなこと、子どもたちの前で言うんじゃない！」ヘイミッシュはかっとなった。

「失せろ、説教くさいやつだね」ミセス・ケネディーはあざけった。

ヘイミッシュは立ち去った。グラスゴーの売春婦の良識に訴えようなどと考えた自分に腹を立てながら。グラスゴーは都市改革にもかかわらず、世界でも最悪の売春婦の街の一つだ。ミセス・ケネディーはおそらく、土曜の夜には、その大きな体をコルセットで締めつけ、腫れた足をハイヒールに押し込んで、彼女を買おうと思うほど泥酔した男を探して、パブを渡り歩いているのだろう。

ヘイミッシュはトンメル・キャッスルへ行って、ミセス・ハガティーのコテージの鍵を借り、トリクシーが何か高価なものをかっさらっていないか確かめようと思った。キャッスルへと登っていき、玄関に車を停めたとき、突然気づいて、驚き、深い喪失感に見舞われた。彼の心は事件のことで占められていて、プリシラに会いたいとまったく思っていないことに。

だが、ハルバートン・スマイス大佐は、そんな彼の気持ちなど知らない。プリシラは外でミスタ・パーカーと一緒だと、小気味よさそうに言い、鍵を渡してくれた。

ヘイミッシュはためらいがちに訊いた、「もう一度お聞きしたいのですが、ミセス・トマスのことをどうお思いでしたか？」

「私の知っていることは全部君の上司に話した」大佐はピシャリと言い、背を向けた。

ヘイミッシュはミセス・ハガティーのコテージへ向かった。コテージは見捨てられた荒廃の気配がした。ドアを開け、中に入った。壁のくぼみに箱型ベッドのある昔風のキッチン、小さな暗い玄関ホール、家具や小間物や写真ですし詰めのリビングルーム、そしてトイレ。浴室はない。ヘイミッシュは骨董品のことはよくわからないが、物で溢れたリビングルームには、価値のあるものはなさそうだった。壁やテーブルの上には、口髭を生やした男たちと、巨大な帽子をかぶった女たちのセピア色の写真があった。ミセス・ハガティーは九十八歳で亡くなり、生存する親戚はいないか、いても誰も知らない。それでも、大佐は相続する人が誰もいないことが明らかになるまで、トリクシーに遺品を漁らせるべきではなかった。遺品の数は多い。ミセス・ハガティーはきっと何も捨てたくなかったのだろう。戸棚には古いクリスマス・カード、雑誌、レシピ、ジャムの瓶、ボトルなどが詰まっていた。

茶色いつるつるしたハエ取り紙も一束あった。その粘着力は長年の間になくなっているかもしれない。

外で物音がして、ドアが開き、プリシラが入ってきた。白いシルクのブラウス、ツィードのスカート、薄いタイツ、ひも付きの短靴、とても素敵に見えた。いつものように、滑らかなブロンドの髪が肩にかかり、落ち着いた表情の卵型の顔がほの暗いコテージの中で輝いている。

「パーカーが帰ってくれてやれやれだわ。いやなやつ。お世辞たらたらで」

ヘイミッシュはどうしたんだと言うように彼女を見た。「彼はごく普通の気持ちの良い人だよ。何があった？」

「あら、本当にとても礼儀正しい人だったわ、礼儀正しすぎるのよ、わかるでしょ。何度も何度もありがとうと言って、たいそうご迷惑をおかけしてってあんまり言うもんで、ハエみたいにピシャリとたたいてやりたくなったわ」

「彼の書いた強い寡黙な男の話を読むべきだな。ムキムキの筋肉と、優しい表情を浮かべたいかつい顔をした男なんだ」

「弱い男の中には、本にしか書けないマッチョな男が住んでいるのね」プリシラが笑った。

「ロンドンにいるロマンス小説作家の女の人を知ってるわ。本を離れたら、ロマンチックな気持ちなんかこれっぽっちも持っていないの。あら、古い写真ね。女の人の帽子、なんて素敵なんでしょう」

プリシラはロマンチックな気持ちを持ったことがあるのかな？　ヘイミッシュは、屈みこんで額縁入りの写真を見ているプリシラの様子を眺めた。だが、ジョン・ハリントンといるときは、輝いて見えた。

「ハリントンの奴から何か言ってくるかい？」

「あら、ええ、手紙も電話もしょっちゅうあるわ。大儲けしているようよ」

「で、君はそういうのが好きなんだ」

「私は成功している人を尊敬するわ。成功っていえば、事件はどうなっているの、ホームズ？」

「まだ何にもわからないんだ」ヘイミッシュが嘆いた。

「おおぜい容疑者がいるわね」プリシラが言った。「夫のポール。あの大変な嘆き悲しみ様は演技かもしれない」

「そうかもな。それにパーカー。こそこそして、弱くて、いかにも毒を盛りそうだ。他には？」

「かわいそうなドクター・ブロディー。この頃大酒を飲んでる、惨めな感じよ。他の惑星から来た異星人に奥さんを乗っ取られたような気がするって言ってた」

「アーチー・マクリーンと奥さん。トリクシーは二人の仲を壊してしまった」

「それに、イアン・ガン」

「何だって？　あの小さいコウモリのためにか？」

「コウモリはもういないわ。ヘイミッシュ、あなたには役立つ噂を次から次へと運んできてくれる従僕が要りそうね。小屋は崩れたって、ガンが言ってるわ」

「ガンが自分で壊したんだろう。それを証明するのは骨だな。ただちょっとばかり土地を増やしたいからって、人を殺すかな？」

「あら、ありうるわよ。まあ、噂だけど。土地が欲しくてたまらないと、どんどん欲しくなるのよ。所有欲ってどんなものか知ってるでしょ？」

「その通りだ。ガンの強欲さの噂は嫉妬のなす業じゃないかな。それは正しいだろうな。誰か私たちの思いもかけない人物がいるか、それとも容疑者全員が犯人かもしれん」

「ミセス・ケネディーの素性は調べたの？」

「調べたと思う。何かあれば、アンダーソンが教えてくれたはずだ」

「アンガス・マクドナルドは？」

「なぜ彼？」

「こんな風に考えたらどうかしら？」プリシラが身を寄せたので、フランスの香水の香りがした。「総選挙の予言が外れて、彼は面目をつぶした。あのウィスキーに自分で毒を入れたのかもしれないわ」

「で、トリクシー・トマスを殺した？　そりゃあないよ、プリシラ」

「たぶん違うでしょうね。でも、自分でウィスキーに毒を入れたというのはありうるんじゃないかしら。ヘイミッシュ、あなたは予知能力なんて信じていないでしょう?」

「いや、信じているよ。かなりの人が人生で一度ぐらいは、一瞬かもしれないが何かを予見することはあると思う。証明はできないけど。災害や死を前にして、後で、虫の知らせがあったと言う人は大勢いる」

「どこへ行くの?」ヘイミッシュがドアのほうへ行きかけたので、プリシラは驚いて尋ねた。

「殺鼠剤の缶の調べを続けるよ。君のところの家政婦さんにも買わなかったか聞いてもらえるかな? コテージの鍵を返すよ」

ヘイミッシュはさよならと手を上げると、行ってしまった。プリシラは窓辺に寄って、彼が去っていくのを見送った。今までは少しでも長く彼女といたがったのに、そう思うと少し悲しかった。

ヘイミッシュは村へ戻ると、ブロディー家の前で車を停めた。

アンジェラはキッチンにいて、何かを読んでいた。元の彼女に戻ったのかと思い、一瞬喜んだが、読んでいたのはベジタリアン用のラザニアのレシピだった。

「一年前に〝デッドオー〟という殺鼠剤を買わなかったかい？」

「いいえ、うちにはネズミはいないもの。いえ、待って。ハツカネズミがいたから、殺鼠剤を買ったわ」

「まだあるかい？」

「物置小屋へ行って見てみましょう」

アンジェラについて庭へ出た。物置小屋はきれいに磨き上げられていた。ドアの上の棚に並んだ殺虫剤の缶はピカピカで、熊手や鍬や鋤も磨き上げられていた。

「ここは自慢なの。ついこの間、全部きれいに掃除したのよ」

ヘイミッシュはハンカチを取り出し、殺鼠剤の缶をそっと下ろした。中身は半分ほどになっていた。

「たくさん使ったね」

「ハツカネズミは嫌い。汚いんだもの。もちろんあの頃私はいい加減だったから、使用方法なんて読みもしないで、殺鼠剤を入れた皿をあちこちに置いただけだったけど。で、ハツカネズミはほんとにいなくなったわ。さあ、他に何か？　私、忙しいの」

「葬式に行くかい？」

「え、ええ……もちろん」

ヘイミッシュは帽子に手をやった。「じゃあ、そこでまた」


誰も彼もがトリクシー・トマスの葬式にやって来た。ミセス・ケネディーとその子どもたちでさえ。教会はウェリントン牧師が弔辞を述べる間、女たちのすすり泣く声でざわついていた。列席者が教会の裏の丘の上の墓地へ棺について行くときには、泣き声は一層大きくなった。

ポール・トマスは村の男二人に支えられていたが、今にもくずおれそうだった。ヘイミッシュの横にいたドクター・ブロディーが言った。「あの男に鎮静剤を与えて、これが終わり次第ベッドに入らせたほうがいいようだな」

「あなたの奥さんもですよ。だいぶ具合が悪そうだ」

ドクターの顔がこわばった。彼は「バカな女だ」と悪意を込めて言った。ヘイミッシュはドクターがトリクシー・トマスのことを言っているのか、自分の妻のことを言っているのか、どちらだろうと思った。

墓地での式が終わると、みんなはローレル荘へ向かった。牧師夫人が精進落としを取り仕切っている。ウィスキーが皆に注がれ、辺りの雰囲気はだんだん明るくなっていった。誰かが冗談を言い、他の男がそれに続いた。集まりはじきにパーティーのようににぎやかになった。

村の男たちは、トリクシー・トマスが亡くなって喜んでいる。

ヘイミッシュはイアン・ガンを見つけ、そばへ行った。「あんたがここへ来るとは驚きだな」

「葬式はいつだって逃しはせんよ」イアンはテーブルの上のなみなみと注がれたウィスキーのグラスをもう一つ取った。

「あんたのあの古い小屋が不思議にも倒壊したそうだな」

「ああ、天の助けだ。もうバード・ウォッチャーに悩まされることもないだろう」

「だが、まだ私がいるぞ。あの小屋を調べて、あんたが倒したんじゃないことを証明する必要がある」

「コウモリなんぞのことで貧しい農夫をいじめるより、殺人犯を探したほうがいいんじゃないか？　だが、何にも見つかりゃしないさ、保証するぜ」

「うまくやったってことか？」ヘイミッシュは皮肉な口調で言った。

ブレアが太った手にウィスキー・グラスを持って、ぶらぶらやって来た。

「なあ、お巡り、もう殺鼠剤の缶は全部調べたか？」

「いや、まだ途中です」

「グラスの中になんぞ入っていないぞ。とっとと行って探せ」

ヘイミッシュが立ち去ろうとすると、イアンが嘲笑った。

ヘイミッシュはローレル荘を一回りして、裏口から中へ入った。スージーというケネディー家の小さい女の子が大きなケーキのかたまりを食べていた。

「歯に悪いよ」

「かまわないで」女の子が言った。口にケーキを詰め込みすぎて、声がくぐもっている。

ヘイミッシュが戸口に行きかけると、女の子が言った。「お菓子を買うお金をちょうだい」

「だめだ、一ペニーだってやらん。ミセス・トマスが出してくれたのはベジタリアンの食事だったのかい？」

「ううん、ベジタリアンのは旦那さんにだけだったよ。野菜くずみたいな料理を出して、お客をなくすのが恐いんだって、母ちゃんが言ってた。砂糖は体に悪いってくどくど言うのに、誰も見ていないときはいつも口中にケーキをほおばっていたよ」女の子のとんがった顔に邪悪な、いい気味だと言わんばかりの表情が浮かんだ。「ミセス・トマスと旦那さんがベッドルームで何をしてたか知りたい？」

「いいや、知りたくない」ヘイミッシュはキッチンを通り抜けて母屋へ向かった。精進落としが行われている客間へ入っていくと、ちょうどブレアが立ち去ったところだった。しばらく待って、客間へ入ると、ちょっと静かにしてくれと大声で言った。全員がヘイミッシュを見た。プリシラもいる。もちろんいて当然だ。彼女には誰もが来てもらいたがっている。黒いドレスに、小さ黒い帽子をかぶっていた。

「〝デッドオー〟という名の薬品の缶を探しています。ペイテルが一年前に売った殺鼠剤です。もし持っていたら、できるだけ早く駐在所まで持ってきてください」

牧師夫人が憤激して近づいてきた。「よくも葬儀の日にそんなことを訊けたわね。ミスタ・トマスがいなくてよかったわ」

「毒薬の缶を見つけなければならないんです。ロックドゥのほとんど全員がここに来ています。一軒ずつ家を回らなくても済むというものです」

結果は大満足だった。夕方までに、十五個の缶が集まった。一年前に二ダース売られたうちの十五個、悪くない。すべての缶に所有者の名前を書いたラベルを貼った。

ドクター・ブロディーはキッチンのドアのところで、妻を、そして彼女の作ったディナーを眺めた。山羊のチーズのサラダ。彼は何度も何度も妻に言った、そんなものは食べたくないと。彼女は脂っこいステーキやポテトフライで彼の健康を害したくないと言い張った。彼女は恐ろしく頑固だった。

妻が彼の家に侵入してきた得体の知れない見知らぬ生物のように感じた。

「離婚したい」彼は言った。

アンジェラは驚いた。「ばかね、これはみんなあなたのためだってこと、わからないの？健康的な食事、清潔な家、ワインやお酒もよくないわ」

「君がこんなことをするのは、君の友達のトリクシーと同じように意地悪で卑劣だからだ。彼女が毒殺されて嬉しいよ。苦しんで死んだんなら、なおいい。もうストラスベインの弁護士に電話を掛けた。離婚届を作成してくれと」

アンジェラは真っ青になった。「理由は？」

「結婚生活の破綻だ。ああ、ホテルの食事が元の昔風に戻ってよかったよ。お休み」

ドクター・ブロディーはホテルへ向かった。何も感じなかった。彼に関して言えば、妻はもう少し前に死んでいて、今離婚しようとしているのは、妻を乗っ取った怪物なのだ。

突然、トリクシーはもう土の下だと思い当たった。「オーガニック女は死んで埋められた」

彼は笑い始めた。

「何の冗談です?」ヘイミッシュが訊いた。彼も卵の箱を抱えてホテルへ行くところだった。

「やあ、祝ってくれ。ついさっきストラスベインへ電話をかけて、離婚届を作成してくれるように頼んだところなんだ」

第七章

カワウあるいはヒメウは紙袋に卵を産む
理由はもちろんわかるだろう。稲光に当てないためさ
だけどこのぼんやりした鳥たちは気づかないんだ
丸パンを持ってさ迷う熊の大群が
パンくずを入れるために紙袋を盗むことを

――クリストファー・イシャーウッド

「ねえ、とてもつらいのはわかりますが、もう少し待ってみたらどうです？」

「いや、もう決めたんだ」

「奥さんにちょっと厳しすぎやしませんか？　更年期かもしれませんよ。そういうとき、女の人はちょっとおかしくなるようですから」

ドクター・ブロディーは鼻で笑った。「そんなのは全部たわごとだ。気のせいだ。女は更年期におかしくなると言われて、それを口実に使っているんだ」

「あなたは医者でしょう。更年期についてはこの頃新聞に山ほど載っていますよ。最新の医学情報についていけないなまけ者の医者についてもどっさり載っていますが。ミセス・トマスが恐ろしい女だったことは確かです。だが彼女の一番の問題は、彼女の言ったことがどれも正しかったってことです。喫煙は体に悪い、コレステロールの高い食べ物は体に悪い、誰でも知っていることです」

「私はこれまで一日も寝込んだことなどない。我慢ならんのは子どもみたいに扱われることだ。野菜を食べなさいだと？　ふん、馬鹿らしい！　菜食主義なんぞくそくらえだ。さあ、お肉を減らして、サラダをどんどん食べましょう。それでとうとうサラダだけになるんだ、たまにちょっとナッツが入っているがな、お笑い草だよ。タンポポ・コーヒーまで飲まされそうになった。海に放り投げてやった。私事に干渉しないでくれ。もう決めたんだ、お終いだ」

バーのテレビが点けられ、アンガス・マクドナルドが満面の笑みを浮かべて、多分に脚色した経験談を話し始めた。

「選挙の予言が外れたから、誰も彼の言うことなど気にしないと思ってた」ヘイミッシュが言った。

「よくできた話だ」ドクター・ブロディーが言った。「今日はみんなホテルへ行って、その後アンガスのコテージへ行くだろう。彼はこの後一か月は飲んだくれて暮らすだろうさ」

画面からアンガスの顔が消えて、牧師夫人のいかつい顔に取って代わった。「ミセス・トマスは完璧な主婦でした。彼女は村に新風を吹き込んでくれました。誰も彼女に害を及ぼそうなどと思う人はいませんでした。誰かよそから来た変質者の仕業に違いありません」

「ディナーに付き合ってくれ」ドクター・ブロディーがグラスの酒を飲み干して言った。

ヘイミッシュは首を振った。「奥さんを連れてきたほうがいいですよ。前はよくそうしてたじゃありませんか。二人の大人らしく座って離婚のことを話し合ったほうがいい」

ドクター・ブロディーはため息をついた。「そうだな、君の言う通りだろうな」

ヘイミッシュはバーを見回した。小作人のバート・フックが酔っぱらっている。ヘイミッシュは彼の車のキーを取り上げて、明日駐在所に取りに来いと言った。

ヘイミッシュは外に出て、海辺を歩いた。殺人者が見つかって、村が元の静かな日常に戻ることを心の底から願いながら。彼は、プリシラには理解してもらえそうにないが、平和な事件のない生活が好きだ。実際、今は野心のない男なぞ、誰も理解してくれない時代なのだ。穏やかで静かな夜だった。雲間に満月が浮かんでいた。

「ヘイミッシュ?」

ヘイミッシュは立ち止まり、目の前の男を見下ろした。考えに耽っていて、男が近づくのに気づかなかった。小柄な男で、上等なツィードの上着、襟付きのフランネルシャツにネクタイを締めている。小ぎれいで賢そうな顔立ち、髪は薄い。

「今晩は」ヘイミッシュは用心深く言った。

「わしがわからないかい?」

「ええ」

「わしだよ、ハリー、ハリー・ドラモンド」

「嘘だろ!」ヘイミッシュは岸壁の灯りが当たるようにハリーの顔を向き直らせた。「ハリー・ドラモンド！」

ハリーは村の酔っぱらいで、以前インヴァネスへ治療に行った。ヘイミッシュが最後に見たときの彼は、むくんだ顔の悪臭を放つボロの塊のようだった。

「あんまり変わって、わからなかったよ。帰ってきたのかい？」

「いや、インヴァネスでレンガ職人のいい仕事に就けたんだ」

「じゃあ、奥さんを連れていくために、来たんだ」

「いいや、ヘイミッシュ。実はな、家内は離婚したがっているんだ」

ヘイミッシュは驚いて彼を見た。酔っ払いの夫に対するフィリス・ドラモンドの尽くし様は村の語り草になっている。どんなことがあっても夫の味方をし、食卓に食べ物を載せるために掃除の仕事をし、時折暴力を振るわれても、泣き言一つ言わなかった。

「なぜだ？　ロックドゥ中が離婚したがっているのか？　あんたが立ち直って喜んでいるだろう。立派な仕事にも就いたし」

「いいや、急にわしに我慢がならんと言い出したんだ。酔っ払いのときのほうが良かったって。まったく、女ってのは！　考えを変えさせようと思ってきたんだが、聞かないんだ」

ドクター・ブロディーが走ってきて、二人は振り向いた。「いなくなった、アンジェラがいなくなった！」ドクターが喘ぎながら言った。

「教会の集まりに行ったんじゃないんですか？」

「いいや、ほんとにいなくなった。キッチンをめちゃくちゃにして、いなくなった」

「電話で助けを呼んで、奥さんを捜します。急いで、村じゅうの男たちを集めてください」

ヘイミッシュは急いで駐在所に戻り、ストラスベインに電話を掛け、タウザーを連れてランドローバーに乗った。雲が月を隠し、辺りは真っ暗だ。いったいどこを捜せばいいのだろう？　入り江？　荒野《ムーア》？　海？

一晩中捜し回った。諦めたくなかった。援軍がストラスベインから到着し、警官たちが入り江をしらみつぶしに捜し、警官と村じゅうの人たちが荒野のあちこちを捜し、警察のヘリコプターが上空を旋回している。翌朝は晴れていたが、空気はどんより重く、太陽は近づく悪天候の予兆のように、怪しくぎらついていた。

ヘイミッシュはついに車を停め、フロントガラスの向こうを途方に暮れて眺めた。アンジェラ・ブロディーは自殺する気ならどこへ行くだろう？　あるいはひどく落ち込んでいるだけで、自分と夫の間に距離を置きたいと思っているとしたら、どこへ行くだろう？ロックドゥを見下ろす巨大な山、ツーシスターズのねじ曲がり高くそびえる峰を振り仰いだ。ぐっすり眠っているタウザーを車に残し、ヘイミッシュは山を登り始めた。

ミツバチがヘザーの間をブンブン飛び回り、ケバエが眠気を誘う空気の中で踊っている。ヘザーとワラビの茂みを縫って登っていった。ジャージの上着を脱ぎ岩の上に置くと、その上に帽子を乗せた。青いシャツの袖をまくり上げ、なおも進んだ。以前、プリシラに夢中だったとき――今ではそれは大昔に思われるが――村から高く離れた尾根へ上り、一人で座って、孤独をかこったことがあった。万に一つの可能性だが、アンジェラも同じ道を辿ったかもしれない。道は険しくなり、空気は暖かく、ヘイミッシュは汗をかいた。汗で防虫剤が流れ、ミッジが顔を刺す。一時間汗を流して登り続け、覚えている尾根にたどり着いた。着いてはみたが誰もいない。ひどくがっかりして座り込んだ。ひげが伸び、疲労困憊だった。眼下に、荒野を捜し回る警官の姿が小さく見えた。一台のヴァンが港へ向かい、中から潜水夫が出てくるのが見えた。とても疲れていた。目まいがした。横になって眠りたかった。だが、この山か荒野か入江か、どこかにきっとアンジェラがいる。

そのとき、彼の目が鋭くなった。とても小さな何かが尾根のずっと下をもがくように降りていく。ヘイミッシュは跳び上がり、転がるように尾根から走り下り始めた。足がはやる気持ちについていけず、滑って転び、ヘザーの根につかまって滑り落ちるのを免れた。立ち上がり、喘ぎながら辺りを必死で見回した。眼下に、酔っ払ったように右へ左へよろめき歩く姿があった。ヘイミッシュは長い脚でずんずん進んでいった。嬉しいことに、それはアンジェラだった。最後の力を振り絞って駆け寄り、彼女に飛びついて、ヘザーの中へ押し倒した。

ヘイミッシュは上体を起こし、彼女を抱き起こした。泣き腫らした目をしている。

「さあ、帰ろう。君はひどい有り様だよ」ヘイミッシュは優しく言った。

「帰れないわ」彼女は陰鬱に言った。

「いつかは帰らなくちゃならない。さ、行こう。車にブランデーがあるんだ」

ヘイミッシュは彼女を助け起こそうとしたが、彼女は抗い、彼の足元にどさっと倒れた。彼女を抱きかかえて、ランドローバーを停めたところまで連れていった。車の陰に座らせて、グローブボックスからブランデーの携帯瓶を取り出し、彼女の口に含ませた。

彼女はせき込み、目を開けた。

「少しは良くなっただろう。さあ、家へ帰ろう」

「帰りたくない」涙が頬を伝った。ヘイミッシュはハンカチで涙をぬぐってやった。彼女を抱き寄せ、髪を撫でた。「さあ、ヘイミッシュに何もかも話してごらん」

「ジョンが離婚すると言ったの」

「そうらしいな。だが、男はカッとなると思ってもいないことを言うことがよくある」

「いいえ、ジョンは思ってもいないことを言ったりしない」

「今まではそうだったかもしれない。だが、君は彼をカッとさせるようなことばかりした。彼は君と離婚したかったんじゃない、トリクシーと離婚したかったんだ。君と暮らしていたんじゃなく、トリクシーと暮らしていたようなものだから。しかも君は自分をトリクシーに似せようとしていた」

暑かったが、彼女は震えていた。「何もない、こころが空っぽ」

「それは良い兆候だ。強迫観念が取り払われたので、ちょっとばかり空っぽに感じるんだ」ヘイミッシュはプリシラのことを思いながら言った。

「わかるでしょう？　トリクシーは何でも知っているように見えたの」アンジェラは悲し気に言った。「長い間私は自分が本当に役立たずだと感じていた。グラスゴーやエジンバラや、インヴァネスでも、人に『あなたの仕事は？』と訊かれて、『主婦です』と答えると、みんな『それだけ？』って言うの。トリクシーは主婦業は高貴な仕事だと言った。きちんとすれば、とても満足のいく仕事だって。家事やらいろんな委員会の仕事をしているとわくわくしたの。酔っているような気持ちだった。トリクシーは私を褒めてくれたの。長い間褒められたことなんかなかったのに。彼女はジョンがタバコや安いお酒や脂っこい食べ物で寿命を縮めていると言った。わ、わたしはジョンを愛してるの」

「ジョンは以前の君といるとき、とても幸せだったんだよ」ヘイミッシュは彼女の髪を優しく撫でながら言った。「さあ、私と一緒に帰ろう」

アンジェラは彼から身を引き離そうとした。「帰れないわ」

ヘイミッシュはじっと彼女を見た。取りつかれていた人格を突然失ったこと以外にも、何かある。

「君はご主人がトリクシーを殺したと思っているんじゃないか？」

アンジェラは黙った。

「ねえ、私もトリクシーを殺したいと思ったよ。だが、私はやっていない」

「人は愛するものを殺す（オスカー・ワイルドの詩の一節）」アンジェラが悲しそうに引用した。

「君は本当に具合が悪そうだ。帰ってベッドに入るのが一番だ」

「でも今夜、野鳥の会の集まりがあるの。アンスティ公爵の息子さんのグレンベイダー卿がお城の蒐集品の標本を持ってきてくださるの」

「私が代わりに仕切ってあげよう」

ヘイミッシュが立ち上がり、指をパチンと鳴らすと、タウザーが後部座席に飛び乗った。アンジェラを車に乗せると、急いで中腹へジャージの上着と帽子を取りに戻った。雲が空を覆い始めている。風が冷たくなってきた。ランドローバーから信号拳銃を出し、空に放った。渦巻く煙の中に緑の星が光り、捜索隊にアンジェラ・ブロディーが見つかったことを知らせる様子をつかの間見守った。


牧師夫人と村の婦人たちがドクター・ブロディーの家に来て、黙々とひどい有り様のキッチンを片付け始めた。陶器やグラスのかけらを集め、床に散らばった小麦粉やコーヒーの粉を拭き取り、割れたジャムの瓶を片付けた。

ヘイミッシュも手伝って、ガラスや陶器の破片を段ボール箱に詰めて、テープを貼り、村のゴミ捨て場へ捨てに行った。戻ると、牧師夫人が箱からマグを出して、フックにかけていた。「可哀そうなミセス・ブロディー。コーヒーカップ一つ残っていない。これは教会のチャリティーのためにとっておいたカップだよ。薬缶を火にかけておくれ、ミスタ・マクベス。お茶にしよう」

「ひどい状態なのはキッチンだけですか？」ヘイミッシュは戸棚を開けて、キャットフード一缶とドッグフード二缶を取り出しながら訊いた。

「いいえ、リビングルームを見てごらん」

ヘイミッシュは缶切りを置き、牧師夫人についていった。暖炉の上の鏡が粉々に割れていた。

「自分の姿を見るのが耐えられなかったんだ」

「ばかばかしい」心理学とは無縁の牧師夫人が言った。「酔っぱらっていたんだろうよ」

キッチンに戻り、二匹のスパニエル犬とネコに餌をやり、薬缶を火にかけた。ドクター・ブロディーがベッドルームから下りてきた。

「どんな具合です？」

「眠っているよ」ドクターが疲れたように言った。「こんな惨めなことがいつまで続くんだ？」

「彼女の目が覚めたら、優しくしてやってください」ヘイミッシュは心配だった。「具合が良くなさそうなら、ストラスベインのセラピーか何かに連れて行くことを考えたらどうですか」

「そんなわけのわからんところは、私は信用せん。気を取り直して、しっかり暮らしてりゃ、おかしな精神分析医など用無しだ」

「医者なのに、あなたは歩く災難だ。これまで病気にならなくて良かった。どんな処方箋を書かれるか、知れたもんじゃない。イモリの目玉とか？」

「ドクターに構わないで。思いやりってものがないの？」牧師夫人が言った。

ヘイミッシュは彼らを放っておいて、外へ出て、駐在所へ向かった。死ぬほど眠かった。駐在所の前にマスコミが集まって、ブレアが何かしゃべっている。

ヘイミッシュは心の中で悪態をつき、車で通り過ぎた。ブレアが見とがめて、何か彼に向かって叫んだが、あまりに眠すぎて気にもならなかった。トンメル・キャッスルへ行った。門を入ると猟場番がいた。車を停めて、窓を開けて尋ねた。「大佐はいるかい？」

「いいや、大佐と奥さまはインヴァネスへ行ったよ」

「良かった」ヘイミッシュはキャッスルの玄関に車を付けた。

執事のジェンキンズは、プリシラは不在だと言いたかったが、ヘイミッシュに嘘をつくなと手厳しく言い渡されていたので、その勇気はなかった。プリシラは階段を駆け下りてきて、ヘイミッシュを見ると立ち止まった。「ひどい顔色よ。どうしたの？」

「アンジェラ・ブロディーなんだ」ヘイミッシュはあくびを噛み殺した。「おかしくなったんだ。だが、今は家へ戻って、ベッドへ入っている」

「あら、あなたが見つけたのね。行方不明だと聞いたわ。どんな様子？」

「体は大丈夫だ。目が覚めたとき、気持ちが少し落ち着いてくれているといいんだが。眠りたいんだ、プリシラ。ブレアが駐在所にいる。一時間でいいから、寝かせてもらえないかな？」

「いいわよ、客室を用意してあげる。タウザーはどこ？」

「車の中だ」

「待ってて、連れてくるわ」

じきに、タウザーがプリシラの後について、よたよたとやって来た。彼女は、暗い階段を上り、ヘイミッシュとタウザーを客室へ案内すると、毛布を折り返した。「そっちがバスルームよ、戸棚に使い捨てのヒゲ剃りがあるわ。きれいなタオルや何もかもそろっているわ。ジョンが飛んでくるはずだったの。今じゃ自家用のヘリコプターを持っているから。でも来られなくなったの。シャツと下着を脱いで、廊下に出しておいて、洗ってあげる。何時に起こしてほしい?」

「二時間寝かしてくれ。そうだ、プリシラ。今夜あのくそいまいましい野鳥の会の会合があるんだ。ミセス・ブロディーの代わりに司会をすると言ってしまった。グレンベイダー卿が講演に来るそうだ」

「あら、びっくり。グレンベイダー卿は鶏肉の煮込みにしか興味のない人よ」

「そうさ、退屈な奴だってことはわかってる。だが、聴衆が少ないと思うんだ。この頃みんな、集会とか委員会なんかに興味をなくしているから。何人か集めてくれないかな?」

「いいわよ。あちこち電話してみる。さあ、ベッドへ入って」

プリシラは出ていき、ドアを閉めた。ヘイミッシュは服を脱ぎ、下着とシャツを廊下に出すと、ベッドに入った。タウザーがベッドに飛び上がり、彼の足元で寝そべった。「下りろ」ヘイミッシュが半分眠りながら言ったが、タウザーはそのままベッドの上で丸くなった。

二時間後、プリシラが洗濯した服を持って入ってきた。ヘイミッシュ・マクベス巡査はぐっすり眠っている。驚くほど長いまつげが、ほっそりした頬に影を落としている。タウザーが片目を開けて、ゆっくりと尻尾を振った。

掛け布団が腰のあたりまでずり落ちている。なんてたくましい体、裸の胸と腕を見てプリシラは思った。白い枕の上で、赤毛が燃えるようだ。寝ているヘイミッシュは若く無防備に見えた。

突然彼がハシバミ色の目を開けた。一瞬とても幸せそうに見えた彼の目の輝きが、明かりが消えるように薄れていった。

「もう二時間経ったのか、一日中でも寝ていたいよ」

「あなたの服よ」プリシラがテキパキと言った。「野鳥の会に何人か連れていくわ。用意ができたら、下りてきて。お茶を飲みましょう」

執事のジェンキンズにとって人生最悪の日だった。客間でヘイミッシュ・マクベスにお茶の給仕をするなんて、心がひどく傷ついた。

駐在所に戻ると、ジミー・アンダーソン刑事が待っていた。

「やっと戻ったな。ここに残って、君をどやしつけろと言われたんだ」

「それにしちゃ、くつろいでいるじゃないか」

ジミーはウィスキーのグラスを片手に、事務室の机の上に足を乗せて座っていた。

「ああ、ありがとよ。ブレアは君がミセス・ブロディーを見つけたっていうんで、腹を立てている。ダヴィオット署長が捜査状況を見に来たんで、ブレアは自分の素晴らしい捜査のおかげでミセス・ブロディーが見つかったと言ったんだ。彼が得意になって説明を始めたとき、朝こっぴどくブレアから罵倒されたのを根に持っていた俺の相棒のマクナブ刑事が割り込んだんだ。『いや、見つけたのはマクベスです。丘の上から連れ戻ったんです。他のみんなは間違ったところを捜していたんで』。ブレアは卒倒しそうだったよ。署長は君の手柄を横取りしようとしたと、ブレアを責めた、ブレアは捜査がうまくいったと言いたかっただけだ、それに自分がマクベスを丘へ行かせたのだと言った。『いやそれは違いますよ。たった今あなたはマクベス巡査に会っていないと言ったじゃありませんか』。ブレアの顔を見せたかったよ。俺は我慢できなくなって、外へ出たんだ。月の変わる前に、マクナブが巡査に格下げされても驚かんな。ブレアはまたパーカーを尋問しに行ったよ。まったく無駄だと思うけどな」

「ハルバートン・スマイス大佐はどうなってる？」ヘイミッシュは訊いた。

「なんとも気難しい御仁だ。殺人犯を追いかけずに、わしの邪魔などしているとは何事だ、とか何とか。ミセス・トマスがコテージから何を持ち出したかと訊いたんだが、古い陶器とグラス、数点の家具、それに箱に入ったあれやこれやのガラクタだと、仏頂面で答えたよ。立派なご婦人だったと、のたもうた。人好きのする女だったようだな。そんなに魅力的だったかい?」

「そうでもない。だが、強烈な個性の持ち主だった。大好きか、大嫌いか、人によってはっきり分かれるような」

「さあ、ちょっと歩き回ってくるか。ブレアに睨まれているのを忘れるな。これからどうする?」ジミーが言った。

「ローレル荘へ行って、ポール・トマスの様子を見てこようと思う。あの人が好きなんだ。奥さんの死を克服したら、ずっとここに住むんじゃないかな」

ポール・トマスは家の裏の枯れた木を切っていた。

「気分はどうです?」

「まだちょっとつらいけど、働いていると気がまぎれるんだ。あのケネディーっていう女と汚い子どもたちを厄介払いできればいいんだが。トリクシーはああいう輩をうまく扱えたし、宿を始めたばかりだから、どんな客でも受け入れないとって言ってたけど。あの女はしょっちゅう泣き言ばかり言ってる。ここにいる理由は、わしが宿代をとらないからってことだけなんだ。宿代をとったら、あの女のために買い物やら料理やらをしなくちゃならんから」

「パーカーはどうなんです？　彼が奥さんの元夫だと知っているんでしょう？」

「うまくいってるよ。ほんとのとこ、彼のお陰でとても助かってる。わしはトリクシーのことを話したいし、彼はよく聞いてくれるんだ」

「ミセス・ブロディーが見つかったのを知っているでしょう？」

「ああ、村じゅうが知ってるよ」

「今夜彼女の代わりに野鳥の会の司会をするけど、来ますか？」

「いいや、ここにいて仕事をしているよ。実際鳥のことなんて何も知らないんだ」

ポールも来ればよかったのに、グレンベイダー卿が講義を始めたとき、ヘイミッシュは思った。ポールも卿もどっこいどっこいだ。卿が鳥のことに詳しくないのは明らかだった。その上ひどく酔っぱらっていた。最近行ったインド旅行と鳥のカラースライドが混ざっている。だが、それにも気づかず、目をつむって、ぶつぶつと説明するだけだった。

「ええっと、これが大型のメンフクロウ」卿がスライドを動かし、観衆は真面目腐ってグレンベイダー卿が象に乗っているスライドを眺めた。

「スライドが違ってますよ」ヘイミッシュが言った。

卿は重いまぶたを上げた。「おやそうかね、何とまあ。お巡り、正しいのを捜せ」

ヘイミッシュはお手上げだというようにスライドの山を見た。「捜すのに一晩中かかりそうですよ」

「なら、邪魔するな」卿のまぶたがまたふさがりそうになった。「これふぁ、いふぁつばめじゃ」ろれつの回らない声で言った。スライドには、ニタニタ笑っているインドの物乞いが小銭をもらおうと手を差し出している様子が映っていた。

プリシラがコーヒーのポットを持って入ってきて、カップに注ぎ、卿に手渡した。「ありがとう。これがシジュウカラ（おっぱい、乳首の意味もある）」卿はプリシラの襟ぐりの深いブラウスを覗き込みながら言った。ヘイミッシュは苦笑いをした。だがスライドにはまさしくアオガラとヒガラが映っている。説明とスライドの写真が食い違っているときも、いないときもあった。食い違っている場合のほうが多かったが。観衆は退屈のあまりマヒしたように座っていた。

プリシラがどんどんコーヒーを注ぎ、卿の目が開いてきた。「なんとも退屈だ」百枚もスライドを映した後で、卿は不機嫌に言った。「まともな飲み物をいただきたいな」

「このたくさんのビニール袋は何です？」プリシラが尋ねた。

「ああ、それか。ヴィクトリア時代の鳥のはく製だよ。曽祖父のコレクションだ。みんなに回そう。袋から取り出さないで、覗き込むだけにしろ。触ったら、ヒ素中毒になるぞ」

「なぜヒ素が？」ヘイミッシュがキッとなって訊いた。

「虫に食われないための、ヴィクトリア時代のやり方だったんだ。当時のDDTだな。十年前にガラス・ケースにそれを陳列した奴は、咳に痰が絡んで、目がしょぼしょぼし、手足がぐにゃぐにゃになった。ブロディーはインフルエンザだと診断したが、信用せずにストラスベインの病院へ行ったら、鳥のはく製に触ったためのヒ素中毒だとわかった。ブロディーは藪だ」

観衆の男も女も子どもたちも、行儀よく袋の中を覗いた。だが、その夜皆が初めて興味を示したのは、プリシラが大きなティーポットと一緒に用意したケーキとビスケットの皿だった。「どうしようもないわね、ロドニー・グレンベイダーはとびっきりの間抜けだわ」

プリシラがヘイミッシュにささやいた。

グレンベイダー卿は明らかにひどく機嫌が悪かった。お茶より強い飲み物がないことと、講演料が支払われないことで、それに拍車がかかった。ただで何かをすることほど、英国貴族を憤慨させることは他にない。グレンベイダー卿はそういう貪欲な貴族の末裔だった。彼は鳥のはく製をナップザックに詰め込むと、ドアをバタンと閉めて、帰っていった。

「お茶の片づけを手伝ってちょうだい。ぼうっとしてるわね、何を考えているの？」

「ヒ素のことだよ」ヘイミッシュはプリシラを手伝い、重いティーポットを彼女から受け取った。

ダヴィオット署長がやって来た。「ストラスベインに戻るところだ。ミセス・ブロディーを見つけたのはお手柄だ」

「運がよかったんです」

「ストラスベインの本部に、君のような有能な警官がいてくれたらいいのだが」

ヘイミッシュが口を開こうとしたとき、プリシラが勢い込んで言った。

「本当に彼ほど適任の人はいませんわ、ダヴィオット署長。彼は犯罪解決の天才です」

「そうだな、今回の事件も解決してくれるといいのだが」署長は手を振って行ってしまった。

「私を売り込むことはないよ、プリシラ」ヘイミッシュがむっつりと言った。「ロックドゥを離れるつもりはないんだ」

「あら、だめよ。この先一生、平の巡査でいることなんてできないわ」

ヘイミッシュはため息をついた。「君はいつから、私がバカで臆病な田舎者だから、ここを出ていけないなんて考えるようになったんだい？　私はロックドゥが好きなんだ、村の人たちも。私は幸せだ。なぜ、社会一般の成功のイメージに合わせて、昇進したり、金を儲けたりしなきゃならないんだ、プリシラ？　この頃は、自分の生活に満足している人なんて、そうはいないんだよ」


「マクベスのことは思い違いをしていたようだ」その夜、ダヴィオット署長はベッドへ入ろうとして、服を脱ぎながら言った。「彼は有能かもしれん」

「ほんとに？」妻がローラーの上にヘアネットを被せながら言った。「大佐と奥様は彼が嫌いみたいよ」

「だが、娘は彼が好きだ。近いうちに結婚式があるかもしれんな」

「あら、じゃあ、二人をディナーに招いてはどうかしら」夫の話を飲み込んで、妻が言った。

「事件が解決するまで待とう。解決するとすればだが」ベッドにもぐり込みながら署長が言った。

ヘイミッシュは野鳥の会の会合が終わった後、ローレル荘へ行った。ポール・トマスがドアを開けた。「入ってくれ。テレビを観ていたんだ」

リビングルームへ入っていくと、ケネディー家の子どもたちがテレビの前に並んで座っていた。コーヒーテーブルの上にねっとりしたケーキの皿が乗っている。頭上の電灯から、茶色い、ハエの付いていないハエ取り紙がぶら下がっていた。

二階から、ジョン・パーカーが忙しくタイプを打つ音が聞こえてくる。

「何か用かい?」ケーキを一つ丸ごと口に放り込みながら、ポールが言った。目はテレビにくぎ付けだ。『L.A.Law 七人の弁護士』が映っていた。

「何かお手伝いできることはありませんか」ヘイミッシュが訊いた。

ポールは答えない。もう一つケーキを取って、目をテレビに向けたままケネディー一家の横の椅子に座った。

こんなにテレビに夢中になれるのなら、葬儀のときのあわれな状態から、しっかり回復したのだろうとヘイミッシュは思った。

ヘイミッシュが出ていったことに、部屋の中の誰も気づかなかった。

第八章

私は一匹のハエを殺すのと同じに嬉々として、千もの残虐をなした
——シェイクスピア（『タイタス・アンドロニカス』より）

ヘイミッシュはイアン・ガンの農場の壊れた小屋を調べに行った。小屋の四分の三は崩れていたが、一方の端の部分はまだ建っていた。二間の部屋にはひび割れた漆喰に張られた色付き壁紙の断片が残っていた。

懐中電灯で照らしながら、歩き回った。もしガンが自分で小屋を壊したという証拠があるなら、この瓦礫の下にあるだろう。

そのとき、かすかなキーという音が聞こえた。ヘイミッシュは家のまだ建っている部分

の垂木を照らした。小さなふわふわしたものが、並んで垂木から逆さまにぶら下がっていた。

コウモリだ。

エンジンの音が聞こえた。ヘイミッシュは懐中電灯を消して、外の農場へ出た。

イアン・ガンがブルドーザーで近づいてくる。ヘイミッシュは怒りを覚えた。小屋倒壊の理由がはっきりするまで、ガンに残りの部分を壊す権利はない。ヘイミッシュは進み出て、手を上げた。女たちが抗議に集まったあの日をまざまざ思い出した。女たちの、アマゾンの？　リーダーであるトリクシーの姿が今も見える。興奮で燃えるような目、コックニー訛りの声。

ブルドーザーがうなりを立てて停まった。

「だめだ、イアン。小屋の残っている部分にまだコウモリがいる。それに、どっちみち許可が下りるまで、あんたはここを取り壊せないよ」

イアンは感情のない目でヘイミッシュを見て、再びブルドーザーを動かし始めた。

「やめろ！」ヘイミッシュはブルドーザーの前に立ちはだかった。ブルドーザーがどんどん近づいてくる。

ヘイミッシュがののしり声をあげ、飛びのいたとき、ブルドーザーが横を通り過ぎた。ヘイミッシュはブルドーザーに飛び乗り、キーをイグニションから引き抜いた。

イアン・ガンに顔を殴られ、ヘイミッシュは吹っ飛んだ。

ヘイミッシュは地面から起き上がると、ブルドーザーに飛び乗り、上着を掴んでガンを引きずりおろし、うつぶせにして組み敷くと、その背中に膝をつき、手錠をかけた。ガンの口から耳をつんざくようなののしりの言葉がほとばしった。

「さあ、立て！」

ガンはよろめきながら立ち上がり、うなだれて言った。「離してくれよ、ヘイミッシュ。殴って悪かった。だがわかってくれ、このごたごたはいったい何なんだ？　わしはもっと土地が要るんだ。なのに、くそ忌々しい法律が、羽の生えた害獣のために使うなと言う。ここはわしの土地だ。好きにしてもいいはずだ。あの忌々しいおせっかいなトマスとかいう女のせいだ！」

ヘイミッシュはガンを見た。警官への暴行やら何やらで、ガンを逮捕し告発するべきだろう。だが、それは山のような書類仕事、出廷、それにガンの刑務所行きを意味する。

「後ろを向け」

ヘイミッシュはガンの手錠を外し、ポケットにしまうと、帽子を脱いで、地面に放り投げ、こぶしを上げて構えた。

「さあ、来い、イアン。これで決着をつけよう」

ガンはヘイミッシュのひょろっと細い体を見て、にやっとした。「いいとも、ヘイミッシュ。痛い目にあっても恨むなよ」

だが、ガンはヘイミッシュを殴れなかった。ヘイミッシュはひょいと体をかがめたり、避けたり、軽やかに踊るように動き、ガードをくぐって、ガンにパンチを浴びせた。「さあ、これで終わりにしよう」それがガンが聞いた最後の言葉だった。ガンはあごにしたたかなパンチをくらった。

気がつくと、ヘイミッシュが横の地面に膝をついて、「大丈夫か？」と心配そうに訊いた。

「ひでえパンチだったぜ」ガンがぼそぼそと言った。

「さあ、これで法は執行された。コウモリを放っておくと約束してくれるな？」

「わかった、約束する」

ヘイミッシュは彼を助け起こし、携帯瓶のブランデーを飲ませ、ブルドーザーに乗せると、やわらかい農地をゴロゴロと去っていくのを見送った。

ヘイミッシュはマゴーワン老夫人を訪ねて、トリクシーが何か貴重な物を彼女からかすめ取らなかったか、訊いてみようと思った。殺人の原因は、単純に強欲さかもしれない。トリクシーは殺されるに値するほどのものを奪ったのかも。

だが、ロックドゥの村に入ったとき、ハリー・ドラモンドの家が見えた。ヘイミッシュはいつものことながら、詮索好きなハイランド人らしく、ちょっと覗いていくことにした。ミセス・ドラモンドは飲んだくれの夫とは離婚しないのに、しらふで働き者の夫とどうして離婚しようとするのか、知りたかった。

ミセス・ドラモンドは家にいた。ブロンドに染めた柔らかく形の崩れた髪、厚化粧の顔、真っ赤に塗った不機嫌そうな小さな口は傷跡のようだった。「彼、何かしたんですか？」戸口に立つヘイミッシュを見て訊いた。目には何か期待のようなものが浮かんでいる。

「ハリーが？　いや、何も。ちょっとお邪魔してもいいですか？」

彼女はどうぞと言うように肩をすくめ、リビングへ通し、彼が座れるように古びた女性雑誌の山を椅子からどけた。

ハエが部屋を飛び回っていた。彼女は殺虫スプレーを手に取ると、天井に向かってシュッと吹きかけた。ヘイミッシュは殺虫剤の雨の中に座り、訊いた。「なぜハリーと離婚するんです？　彼は立派になったし、良い仕事にも就いたのに」

彼女はタバコに火を点け、深く吸い込んだ。「好きな人ができたの」

「誰です？」

「バッキー・グラハムよ、クラスクの」

「でも、バッキーは大酒のみですよ、癇癪持ちだし」

「彼には面倒を見る人が必要なのよ」彼女は言い訳をするように言った。「離婚が成立したら、すぐに結婚するの」

彼女は気のない様子でお茶をどうかと言い、ヘイミッシュは断った。さらに数分、バッキー・グラハムと結婚するなどという愚行は止めたほうがいいと説得したが、彼女を怒らせただけだった。

「女っていうのは、まったく！」ヘイミッシュは入江の向こう側のマゴーワン老夫人のコテージへ向かいながら思った。

コテージは松林の端にあった。ヘイミッシュはランドローバーを降りて、かぐわしい松の香りを胸いっぱいに吸った。マゴーワン老夫人のコテージの中は、いつも通りひどい臭いがするとわかっていたから。

「やっと来る気になったんだね」老夫人はドアを開けて言った。腰が曲がり、柳の老木のように体がねじれていたが、黒い眼には知性のきらめきがあった。ヘイミッシュは体を横にして、家具や陶器、写真で埋め尽くされた狭い客間へ入った。ミセス・ハガティーのコテージを思い出す。埃だらけで、閉め切られた空間に悪臭が充満していた。

「窓を開けましょう」

「やめとくれ。ハエが入ってくる」

「もうたくさん部屋にいますよ」ヘイミッシュは天井の電灯からぶら下がっているハエ取り紙を見上げた。張りついたハエで真っ黒になっている。「こんなもの、どこで手に入れたんです？」

「ミセス・トマスからさ。ペイテルの店で買ったそうだ、パキスタン人の」

「彼はインド人ですよ」

「おやそうかい、どうだっていいよ。ミセス・トマスはオゾン層とかいうものの講釈を始めたんだ。あのネバネバしたやつのほうが、スプレーより良いとか言ってた。あのちっこいインド人がどこかから仕入れたらしい」

「ミセス・トマスのことを教えてください。ここへはよく来ましたか？」

「ああ、しょっちゅう来たね」

「何のために？」

「私がかわいそうだから、ケーキやスコーンを持ってきてやっているんだと言ってたがね、狙いはわかってたよ」

「わかってた？」

彼女はウエールズ戸棚のほうを見てうなずいた。「あれだよ」

「あの戸棚？」

「いや、三人の女と一人の男の絵が描かれた大皿だよ」

ヘイミッシュは戸棚へ行って、皿を眺めた。十八世紀風のドレスを着た三人の淑女に宮廷人が囲まれている図柄の金縁の皿だった。とても精緻な色使い。

「買取の金額を言いましたか？」

「ああ」老婦人はカサカサした声で笑った。「五ポンド出すとさ」

「もっと価値があるでしょう」

「彼女が欲しくてたまらない様子を隠そうとしていたから、郵便配達のアンディーに頼んで、ポラロイド写真を撮ってもらったんだ。それをグラスゴーの美術館に送ったら、返事が来た。戸棚の上の段にあるよ」

ヘイミッシュは埃まみれの手紙を手に取り、読んだ。美術館は老夫人が問い合わせてくれたことを感謝し、その皿は十七世紀のマイセン製で、ワトーの絵を模した図柄だと思われるが、実際に調べてみないと確かなことは言えないと書いてあった。

ヘイミッシュは密かに口笛を吹いた。「そのことを彼女に言いましたか？」

「いいや、ずっとケーキとビスケットを持って来させたさ。彼女に皿を譲ると匂わせてね」

「とても高く売れるとわかっていたんですね？」

「ああ、だが、私はひ孫に遺言でそれを譲るつもりさ。彼女が売りたきゃ、売ればいい」

「それじゃ、ミセス・トマスはあなたから何一つ手に入れられなかったんですね？」

「一つも。だいぶがんばったがね」

ヘイミッシュは体の具合を尋ね、お茶を淹れてやり、チョコレートビスケットを渡して、立ちあがった。死んだハエがびっしりついたハエ取り紙が不快だった。

「他にハエ取り紙があるなら、新しいのに取り換えてあげますが？」

「いいや、ないよ。それにあの種類のは好きじゃない。昔風のが欲しいんだ。ミセス・トマスがどこかで手に入れてやると言ってたんだが。ペイテルの店じゃなくて。ペイテルのとこには粘々したやつしかない。昔風のやつは、ハエがくっつくんじゃなくて、においを嗅いだだけで、死んでポタポタ落ちるんだ」

ヘイミッシュはコテージを出て、いつものように、また新鮮な空気が吸えてほっとした。次は何をしようかと考えながら、ゆっくりロックドゥへ戻った。道路脇で何かが動いた。何者かが、車を見て慌てて隠れたようだった。

「出ておいで」

車を停めて、降りると、少し引き返した。茂みの中から、小さなお尻が出ている。

小さな子どもが後ずさりして出てきた。スーザン・ケネディー、ローレル荘に泊まっている目つきの悪い女の子だ。

「今日家へ帰るんだと思ったが」

「帰んないよ、ここにいたいんだ」

「それは駄目だ、家へ帰って学校に行かなくちゃ。おいで、送ってあげる。車の中にお菓子があるよ」

「どんな？」

「チョコレートファッジだよ」

「いいわ」スーザンはヘイミッシュと一緒に引き返し、助手席に乗り込んだ。ヘイミッシュは地元の子どもたちのためにいつも持ち歩いているお菓子の箱から小さな袋を出して、彼女に渡した。

「お菓子、だあい好き」スーザンは二つ一緒に口に放り込みながら言った。「あたいはあいちゅらほわいない」

「何だって？」

お菓子を飲み込んではっきりと言った。「あたしは、あの人たちほど悪くないわ」

「誰ほど？」

「トマスの夫婦よ。あの人たちがベッドルームで何をしてるか、お巡りさんに言おうとしたのに」

「お菓子のことを言ってるのかい？」

「奥さんは旦那さんにお菓子を食べさせなかったの。だから旦那さんはこっそり買って、自分の部屋のベッドの下の箱に隠してたの。奥さんは旦那さんが出かけるのを待って、忍び込んで、お菓子を盗んでた。奥さんのほうがもっと食いしん坊だったから。私は旦那さんに盗んだんだろうって、怒鳴りつけられたんだよ。それで、奥さんは黙っているようにって、私にチョコレートバーをくれたの」

ヘイミッシュはミセス・ケネディーが残りの子どもたちと大きな布製のスーツケースを持って立っているバス停まで、スーザンを送っていった。ミセス・ケネディーは迷子の我が子が戻ってきても、喜びも、驚きもしていないようだった。ローレル荘へ向かいながらヘイミッシュは、ミセス・ケネディーは、子どもが一人いないのに気づいてさえいなかったのではと思った。

ローレル荘にポールはいなかったが、二階からタイプライターの音が聞こえてきた。ヘイミッシュはジョン・パーカーの部屋へ上がっていった。

「ポールはどこですか?」

「外出中だと思うよ」

「ミセス・トマスは甘い物好きでしたか?」

ジョンは笑った。「彼女にはまるで麻薬のようなものだったよ。アルコール中毒者みたいだった。数週間我慢していても、その後出かけて、ぐでんぐでんに酔っぱらうようなね。

彼女は夫にお菓子を食べさせまいとしていたけど、彼女のほうがずっと甘い物好きだった」

「太らなかったのが不思議だな」

「有り余るエネルギーで消化してたんだろうな」

ハエが勢いよく飛んできて、窓にぶつかった。ジョンが驚いたことに、ヘイミッシュは急に立ち上がり、部屋を出ていった。下の居間に下りると、ハエ取り紙をじっと見た。椅子に上がって、ハエ取り紙を取り外した。駐在所に戻り、ストラスベインの鑑識課に電話をかけた。彼の問い合わせに、鑑識課は調べて、折り返し電話をすると言った。

ヘイミッシュはデスクの前に座った。今までに聞いた様々な会話が、まるでジョン・パーカーの部屋でハエが飛び回っていたのと同じように、頭の中でグルグルと回った。

トリクシーはケーキが好きだった。彼女はジョン・パーカーが麻薬から抜け出し、自立した後は、もう彼の世話を焼かなかった。ミセス・ドラモンドは夫がまともになったのに、離婚を要求した。グレンベイダー卿は、ヒ素はヴィクトリア時代のDDTだったと言った。トリクシーはアーチー・マクリーンの手を握った。ドクター・ブロディーはトリクシーを殺してやると喚いた。アンジェラ・ブロディーは山の上でオスカー・ワイルドを引用した。

ジョン・パーカーと彼の『ザールのアマゾネス』。ミセス・マゴーワンはトリクシーが本物の昔風のハエ取り紙をくれるはずだったと言った。ハエはそのにおいを嗅いだだけで、死んで落ちる。死んでしまう、死んで、死んで……。考えがグルグルと回り続けた。

返事の電話の来る気配はない。急に吹き始めたサザーランドの風の咆哮以外何も聞こえない。

電話が鳴った。大きな耳障りな音。

ヘイミッシュは飛び上がり、電話を取った。じっと聞いてから ゆっくり受話器を戻した。顔が青ざめ、強張っている。ブレアに知らせるべきだが、今回の逮捕は自分の役割だと感じた。

ローレル荘へ行き、タイプライターの音がする二階へ上がり、ドアを開けた。

「ポール・トマスはどこです?」

「慌てて出ていったよ。あんたが来て、トリクシーが甘い物好きなことを訊いたと言ったら、すごい勢いで」

ヘイミッシュは部屋を走り出て、階段を下りた。ジョンは肩をすくめ、またタイプライターに戻った。

ヘイミッシュは、途中で会った人皆にポールの行方を聞きながら、駐在所に駆け戻った。村を通り抜けていくポールが目撃されていた。最後に見られたのは、海に長く突き出した岬の崖沿いを行く姿だった。崖沿いには車が通る道がない。ヘイミッシュは全速力で走り始めた。強風が彼の服を切り裂かんばかりに吹きつける。ホテルの横を回り、崖沿いを走り続けた。ジミー・アンダーソンがホテルの窓から、ヘイミッシュが走っていくのを見ていた。ジミーは振り返り、肘掛け椅子に座り込んでテレビを見ているブレア警部に言った。

「何かあったようです。マクベスがすごい勢いで走っていきます」

「水管理人に追いかけられているんだろうよ」警部はテレビから目を離さずに言った。

崖沿いを行くと、大西洋側に出て行き止まり、そこは狭い絶壁だった。ポール・トマスを見つけた。ヘイミッシュは速度を緩め、ゆっくりとポールに近づき、横に並んだ。眼下の海は冷たい緑色で、黒い海藻が散らばり、家の高さほどもある波が岩にあたって砕けていた。

「飛び込むんじゃない」ヘイミッシュは静かに言った。「彼女にそんな価値はない」

突然ポールがフサ苔の上に座りこみ、ヘイミッシュもその横に腰を下ろした。

「どうしてわかったんだ」ポールが訊いた。

「たぶんこうだと思う」ヘイミッシュは話し始めた。「あなたは自立しようとしていた。トリクシーの助けを借りて、食欲を節制して。新しい生活を始めようとして、ここへやって来た。あなたはいろいろ動くのが好きだ。家のペンキを塗ったり、庭仕事をしたり。だが、トリクシーはあなたが仕事をして、自立しようとするのを好まなかった。だから、彼女は仕事を取り上げて、自分でもっと上手にやって見せることで、あなたの自信を無くさせようとした。あなたはまたこっそりとケーキを食べるようになった。それを彼女は知って、ついにはケーキの隠し場所を見つけた。彼女が自分で食べるためにそれをかすめ取ったのを、あなたは知った。だが、あなたは彼女を愛していた。なのに、そのときひどいことが起こった。彼女は関心の対象が男でなくてもいいと思い始めたのだ。たぶんセックスにはあまり興味がなかったのだろう。女だっていい。アンジェラ・ブロディーや村の女たちが代わりになる。もうあなたに用はない。たぶん物珍しさが消えれば、村の人たちは彼女よりあなたのほうが好きになると気づいたのでしょう。だから彼女はあなたに離婚してくれと言った」

ポールは黙っていた。巨大な波が打ち寄せ、風で波頭から白いしぶきが飛んできた。

ヘイミッシュの声は低く明瞭で、ポールは風や波のうなりの中でもはっきりと聞き取ることができた。

「あなたは歯が痛いが、歯医者は怖いと言ったら、彼女はあなたを歯医者に行かせるに違いないとわかっていた。あなたは何週間も歯痛をじっと我慢していたんでしょうね。出かける前に、あなたはケーキをベッドの下の箱に入れた。だがその前に、トリクシーがミセス・ハガティーのコテージから持ってきた古いハエ取り紙を取り出しておいた。私はそのうちの一つがあなたの部屋にぶら下がっているのを見て、なぜ粘々していないのか不思議に思っていた。ヒ素がしみこませてあったんですね。あなたはトリクシーからそれを聞いていた。それを水の入った水差しに入れて、水を蒸発させると、彼女を殺せるほどのヒ素の結晶ができた。たぶんあなたは、ヴィクトリア時代の毒殺について何かで読んで、誰かが同じようなことをしたのを知っていたのでしょう。ストラスベインの鑑識が教えてくれました。前世紀のヒ素を使ったそういう事件をいろいろ思い出しました。ナポレオンはベッドルームの壁紙に塗られたヒ素の中毒で死んだと言われています。ヒ素はまた、害虫を駆除するのにも広く使われていました。普通の人なら、そのハエ取り紙は粘り気がなく、使い物にならないと思って捨てていたでしょう。だがトリクシーは違った。どんな物にも使い道はある。彼女は貪欲だった。古いハエ取り紙にはヒ素が塗られていることを知って、あなたにも言った。それを取っておいて、そのうちミセス・マゴーワンのところへ持っていこうと思いながら、いつの間にか忘れてしまったのでしょう。だが、あなたは忘れなかった。あなたはベッドの下のケーキの中にヒ素を入れた。ケーキは一つだけだったかもしれない、確実を期すために。ケネディーの女の子が間違って食べなくてよかった。そうして、あなたはトリクシーを殺した」

「だから、私は自殺するんだ」ポールは袖で目をぬぐった。「私を捨てようとする彼女が憎かった。家は彼女の名義だ。私に何一つ持たせなかった。彼女に会うまで、私はひどく太って、暗く惨めだった。誰も、母親さえ、私のことを気にかけてくれなかった。トリクシーは私と結婚して、ダイエットさせた。彼女のためなら、どんなことでもしただろう。ここでの生活は楽しかった。彼女がアーチー・マクリーンといちゃついたときだって、笑って許した。私への嫌がらせでしてるんだってわかってたけど。私との関係を断って、追い払おうとしていた。だが、彼女が死ぬと、私はやっぱり元と同じようにひどい状態に戻ってしまった。もう生きていけない、ヘイミッシュ。生きるのはつらい、人が怖い。そのうち、食べすぎで死んじまうだろう」

「いいや。刑務所が一つの答えだと思わないかい?」ヘイミッシュが元気づけるように言った。「考えてみるといい。ケーキは手に入らない。しっかり運動できる。本もたくさん読める。残酷な世間と付き合う必要もない。健康施設よりずっといい」

私は本当にそう思って言っているのだろうか？　ヘイミッシュは心の中で思った。

「私に生きている値打ちはない」

「そうかもしれない。だが、刑務所での暮らしはとても厳しい、あなたは罪を償っていると感じますよ。規律一本やり。朝から晩までああしろこうしろ。いったいどうして、マクドナルドじいさんに毒を盛ろうなんて思ったんです？　あなたはハイランド人じゃない。彼が殺人犯を言い当てられるなんて思わなかったでしょう？」

「トリクシーが彼に離婚のことを言ったかもしれないと思った。離婚する直前まで完璧な主婦のふりをしていたいから、村の人には言うつもりはなかっただろうが。マクドナルドが事件を解決できると言って回っていると聞いて、私はうろたえた」

「あなたは悪人だ、ポール。刑務所に入って当然だ。そこで矯正してもらうがいい」

「会いに来てくれるかい？」ポールは迷子の子どものような声で言った。

「ああ、行くとも。さあ、おいで、さっさと片をつけよう。正式な逮捕に見えるように、ちょいと手錠をかけるよ」ヘイミッシュは、その大男がまるで子どもであるかのように優しく話しかけ、崖の上を波音の聞こえないほうへ連れ帰った。

ダヴィオット署長がまただしぬけにブレア警部のもとへやって来て、トリクシー毒殺事件の進捗状況を問いただそうとしたとき、窓辺で外を見張っていたアンダーソン刑事がニヤッとして振り向いた。「マクベスが来ました。男を連れています」

「密猟者を捕まえたか？」ブレアは立ち上がった。内心で祈りながら。「神よ、マクベスに殺人犯を捕まえさせないでください。そうしてくだされば、二度と悪態をつきません」

マクナブ刑事とアンダーソン刑事、それにブレア警部、ダヴィオット署長、全員が我先にと窓辺により、ヘイミッシュがポール・トマスをホテルへ拘引してくるのを眺めた。ヘイミッシュが話しかけ、ポールは泣いている。ヘイミッシュは立ち止まり、ハンカチを出して、ポールの涙を拭き、鼻をかませてやった。

「急げ、下へ行こう。結局夫が犯人らしいぞ」ダヴィオット署長が言った。

ヘイミッシュがホテルの前庭に着き、全員が走り寄った。

ヘイミッシュはブレアではなくダヴィオット署長を見て言った。「ポール・トマスを妻アレクサンドラ・トマス殺人の容疑で逮捕しました」

「彼は認めたのか？」

「はい」

ブレアは安堵のため息をついた。殺人犯が自分でやって来て、私が殺しましたと言うのなら、殺人事件を解決するのはそう難しくはない。

「容疑者をストラスベインへ護送します」ブレアがもったいぶって言った。

「ちょっと待て、中へ入ろう。ヘイミッシュ、事の次第を説明してくれ」ダヴィオット署長が言った。

ヘイミッシュは思った。ブレアは怒り狂っているだろうな、署長が私を名前で呼んだから。

彼らは支配人室へ行き、ミスタ・ジョンソンにしばらく部屋を使わせてくれと頼んだ。全員が座ると、ヘイミッシュは殺人がなぜ、どのように起きたかを説明した。

説明が終わり、ブレアは歯ぎしりをした。署長が賛嘆の面持ちでヘイミッシュを見ている。署長は椅子にうずくまっている大男を見て言った。「ミスタ・トマス、これからどうなるかわかっているな？　君は妻殺しで起訴される」

「ええ」ポールは弱々しく言った。「私は自殺しようかと思ったが、ヘイミッシュに刑務所へ行ったほうがいいと言われた。刑務所じゃ、誰も私をいじめない、自分で何も考えなくてもいいって」

ブレアが何か言おうとしたが、署長がにらんで黙らせた。「そうとも、ヘイミッシュの言うとおりだ。さあ、調書を取ろう。アンダーソン、君がやりたまえ」

ポールが悲し気に殺人を告白している間に、ダヴィオット署長はヘイミッシュを脇に呼んだ。「よくやった、ヘイミッシュ。妻と私は君を今夜のディナーに招待したい。車でここへ来るよ、八時でどうだ？　プリシラも誘ってくれたまえ」

ブレアは去った。ショックを受け、猛烈に腹を立てて。ヘイミッシュが自分の上司になった光景が、おぞましい悪夢のように浮かんできた。

ヘイミッシュはホテルから出て、アンダーソン、ブレア、マクナブ、ダヴィオット、それにポールを乗せた車が、ロックドゥの外の長々と伸びた丘を登り、おもちゃの車ほどの大きさになるまで見送った。

その後、駐在所に引き返し、プリシラに電話をかけ、事件が終わったこと、ディナーの招待を受けたことを話した。

その夜、ブレアはロックドゥ・ホテルのダイニングルームの片隅に座っていた。もう怒りはない、あまりにも惨めだった。暗い片隅に座っていたが、ダヴィオット署長が彼に気づいたのがわかった。客たちのほうを向く前に、彼のほうを見て短くうなずいたからだ。こんなのは公平じゃない、ディナーに加えてもらいたい、その思いだけで、ブレアはやって来たのだ。

プリシラ・ハルバートン・スマイスは、体にぴったりとまとわりつく真っ赤なシフォンのドレスを着ていた。彼女の横には、タキシード姿のヘイミッシュ・マクベスの、まるで領主のように凛々しい姿があった。タキシードはプリシラに借りたのだろうと、ブレアは思ったが、実は、今年インヴァネスの古着屋で買ったものだった。

ブレアは、ディナーのお祭り気分がじきに消えてしまったのに気づいた。何が起こったのだろう?

ストラスベインからロックドゥへ向かう車の中で、ダヴィオット署長は妻とヘイミッシュのストラスベインへの昇進異動を話し合った。「哀れな奴だ。あんな田舎にくすぶっているのは堪らないだろう。きっと喜ぶぞ」

ディナー中、署長はヘイミッシュの将来について話したが、ヘイミッシュがだんだん惨めな様子になっていくのに、最初は気づかなかった。「もちろん、給料も増えるし昇進もする。宿舎は独身の男にとってはなかなか快適だぞ。犬と一緒というわけにはいかんが、警察の犬舎で預かってもらえるだろう」

「あら、ヘイミッシュはそんなに長く独身ではいないでしょうよ」署長夫人がクスクス笑って言い、肘でプリシラの脇腹を媚びるようにつついた。

プリシラは笑って言った。「ヘイミッシュとはただの仲の良い友達ですわ」

「ちょっと二人きりで話せませんか、ダヴィオット署長?」ヘイミッシュは公式の名前で呼びかけたほうが良いと思った。

署長は驚いたが、夫人がウインクしてプリシラのほうを指さしたので、わけがわかった。ヘイミッシュは明らかに結婚の予定を話したいのだ。

二人はラウンジへ行った。「署長」ヘイミッシュはせかせかと言った。「ここには警官が要ります。私はこの仕事に完全に満足しているんです。昇進は望みません。街で働きたくないんです」

「いったい全体なぜだ?」

「ここに家庭があります、羊や鶏や鵞鳥がいます。友人や隣人がいます。私はほんとに幸せな男です」

署長は物珍しそうにヘイミッシュを見た。「ほんとに幸せなのか？」

「この上もなく」

署長は急に嫉妬を覚えた。「まあ、それが望みなら。だが、村の駐在所に住むことを、プリシラはどう思っているのかね？」

「プリシラとは結婚しません。ただの仲の良い友達です。実のところ、彼女にはロンドンに彼氏がいるんです」

プリシラもまた、署長夫人にほとんど同じことを言った。夫人の詮索するような質問がとても居心地悪く、冷たくそっけなく答えてしまった。男たちが戻ってきたのを見てほっとした。

そのとき、署長夫人はブレア警部に初めて気づいた。プリシラの冷たい態度に傷ついた彼女は思った。ブレアは気持ちの良い人だ。卑屈なほどに従順だ。「ねえ、あなた、あそこにミスタ・ブレアがいるわ。コーヒーに誘ったらいかが？」

ブレアは踊るようにやって来た。ダヴィオット署長はくつろぎ始めた。ブレアには何か人をほっとさせるものがある。典型的な警官だ。ヘイミッシュは奇妙で風変わりで、人をうろたえさせる。誰も、幸せで満足している人間など見たくもない。しかも、ヘイミッシュはプリシラと結婚しないようだ。それなら、彼をもう社会的に同等と考える必要はない。ディナーの後、プリシラとヘイミッシュは海辺を歩いた。彼女が肩に巻いている白いシルクのスカーフの房飾りがそよ風になびいていた。強風は止み、空には星が瞬いている。

「あなた、昇進を断ったのね」プリシラが無表情に言った。「これからどうするつもりなの、ヘイミッシュ?」

「何も欲しくないんだ」ヘイミッシュはのんびり言った。「執着というのはおかしなもんだ」アンジェラ・ブロディーやポール・トマス、それに自分自身のことを考えながら、半ば独り言のように言った。プリシラとこうやって散歩していると、とても気持ちが和らぐ。今はもう以前のように耐えがたいほどの執着を彼女に感じていないから。

「人生で野心を持つからって、何かに執着してるわけじゃないわ」

「ジョン・ハリントンみたいに?」

「そう、彼みたいに。人がみんなヘイミッシュ・マクベスみたいだったら、世界はどうなるかしら?」

「わからないね、別に気にもならない。出世しようとするのは愚の骨頂だなんて、人に説いて回る気もない。ばかげたことだ。野心っていうのは素晴らしいものだと思うが、それがどんなものだか、私にはよくわからないんだ。ジョン・ハリントンから連絡はあるのかい？」

「ええ。私、二週間したらロンドンへ戻るの。彼とは空港で会うことになっている」

「彼と結婚するの？」

「わからない、たぶんね」

「かわいそうなプリシラ」

「かわいそうなのはあなたよ、ヘイミッシュ。あなたに野心がないとは思わないわ。あなたはポール・トマスと同じで憶病なのよ。外の大きな世界に怯えているのよ」

「そうさ、外の世界は好きじゃない、認めるよ」ヘイミッシュの相変わらず穏やかな楽し気な声が、プリシラの癇に障り始めた。「私が怯えていると思うなら、それはそれで正しいさ。さあ、着いた、我が家に」

駐在所の玄関の青いランプが、咲き乱れたバラの間から光っている。タウザーが後ろ足で立ち、前足を門に乗せている。プリシラの車が駐在所の前に停まっていた。

「寝酒を一杯やっていかないかい？」

プリシラはためらった。「ええっと、そうね、いいわ」

ヘイミッシュがコーヒーを淹れ、ブランデーの小さなビンを取り出す間、プリシラはリビングルームに座っていた。ヘイミッシュはブランデーの瓶を見て、こんな機会があればと思って、それを買ったことを思い出した。ブランデー、グラス二つ、コーヒーポット、それにカップをトレイに乗せてリビングルームへ向かった。

「テレビを観よう。ニュースを知りたいんだ」

ヘイミッシュはテレビを点け、コーヒーとブランデーをプリシラに渡して、肘掛椅子に腰を落ち着けた。

椅子にもたれて、テレビを観ているヘイミッシュを、プリシラはしげしげと眺めた。彼は野心から解放されているだけではない、ちょっとショックだが、彼女からも解放されたようだ。彼がプリシラを愛していたかどうかはわからない。だが、今になって初めて、何を失ったかわかった。ジョンが現れたので、心が離れたのだろうか？　この間のキスでがっかりしたのだろうか？　彼女はわくわくしたのだが。

ヘイミッシュのまぶたが垂れ始めた。プリシラは屈みこんで、彼の手からブランデー・グラスを取ると、テーブルに置いた。じきに彼はぐっすり寝込んでしまった。帰らなければばと思ったが、立ち上がって出ていく気になれなかった。タウザーが彼女の足元に寝そべって、いびきをかいている。ニュースが終わり、〝カサブランカ〟が始まった。プリシラは座って、その映画を最後まで観た後、ヘイミッシュを起こさないように、そっと駐在所を出て、家へ帰った。

二週間後、ヘイミッシュは意を決してブロディー夫妻を訪ねた。このところパブでドクターを見かけないし、噂では、ドクターはタバコをやめたらしい。

湿っぽい天気が去り、さわやかに晴れわたり、霜が降りそうな冷たい空気が、ハイランドの初秋の到来を告げていた。

ブロディー家の勝手口に回り、ベルを鳴らした。

「お入り！」ドクターの声がした。

アンジェラとドクターはキッチンのテーブルに向かい合って座っていた。ドクターは本を読んでいた。横には本が積み重ねられている。向かい側のアンジェラの横にも本の山がある。彼女はジャムの瓶に本を立てかけて読んでいた。二人の間には、猫がチーズ皿にあごを乗せて、寝そべっている。

「ああ、君か、ヘイミッシュ。コーヒーを勝手に飲んでくれたまえ。その辺に椅子があるだろう」ドクターが言った。アンジェラは顔を上げ、ぼんやりと彼に微笑むと、また本に戻った。

ヘイミッシュはカップにコーヒーを注ぐと、腰をおろした。「まるで大学の図書室みたいですね」

「そんなところだ。アンジェラはオープン大学で科学の学位を取ろうとしているんだ。私も研究に戻ろうと思ってる。だいぶ時代に遅れているからな」

「本当に。タバコをやめたと聞きましたが。結局ミセス・トマスはあなたのためになることをしたんですね」

「あの女をほめるのは嫌でたまらんが、これだけは言える。アンジェラはとても早く回復した。前のような朝食を作ってあげると言ってくれたんだ。たっぷりの揚げ物にケチャップの。私はがつがつ食べたよ。その後診療所へ歩いていったら、ひどく苛々して、吐き気がした。どうも、ミューズリとサラダを好きになってしまったようだ」

ヘイミッシュはドクターの読んでいる本の題名を見た。『女性と更年期』。

「今こそ時代に追いつくときだと思ったんだ」ドクター・ブロディーは言った。「いろいろ考えなくちゃならんことがある。例えば、私の患者の中には、ただの下剤を飲んでいるだけなのに、それが特別な精神安定剤だと思って、気分が良くならないと文句を言う人がいる」

アンジェラが立ち上がった。とてもきれいなドレスを着ている。パーマネントは取れかけていた。腕一杯に本を抱えて言った。「失礼するわ。テレビで観たい番組があるの」

「万事うまくいっているようですね」ヘイミッシュは言った。

「ああ。アンジェラがおかしくなってしまうのかと思っていたんだが。それもこれも何のせいだ？　あのバカな英国女のせいだ」

そのバカな英国女は、少なくともドクターの喫煙を止めさせ、彼を医学書に戻したじゃないかと、ヘイミッシュは思った。

ブロディー家を出てから、ヘイミッシュは海辺をブラブラと歩いた。空は淡い緑色で、一番星が瞬き始めていた。ヘイミッシュ・マクベスの周りの世界の何と平和なこと。

港では、漁船が出航しようとしている。なおも近づくと、マクリーン夫妻の姿が見えた。ミセス・マクリーンは夫にサンドイッチの包みと魔法瓶を渡し、夫のほうへ腕を伸ばして、彼を抱きしめた。

「なんとまあ、わからんもんだ！」ヘイミッシュはポケットに手を突っ込み、口笛を吹き始めた。穏やかな夜の帳《とばり》が下り、ゆらゆら揺れるランプを灯した小さな漁船は沖へと出ていった。

プリシラ・ハルバートン・スマイスはロンドン、チェルシーのローワー・スローン・ストリートの彼女のアパートのドアを開けた。疲れて、腹を立てていた。ジョン・ハリントンはインヴァネスからの飛行機を出迎えに空港へやって来なかった。それで、彼女は地下鉄に乗ったが、アクトンの郊外で電車の故障のため一時間足止めされてしまった。ドアマットの上の郵便物とスローン・スクエアで買った『イブニング・スタンダード』を持ってキッチンへ行った。

郵便物にさっと目を通していたとき、誰かがアメリカから送ってくれた新聞に気づいた。茶色い包装紙を破る。今コネチカットに住んでいる友人のピータ・ベントリーが送ってきた『グリーニッチ・タイムズ』のコピーだった。「第五面を見てごらん」と表に書いてある。

第五面を開くと、ロックドゥの駐在所の表のバラの茂みの下で、タウザーと一緒に立っているヘイミッシュ・マクベスの写真が載っていた。

「地元のビジネスマン、カール・スタインバーガー氏がスコットランドでの休暇中にハイランドの巡査を撮った写真、『ヒル・ストリート・ブルース（アメリカのテレビドラマ。犯罪多発地区の警察署が舞台）』から遠く離れて」と、説明がついていた。カラー写真だった。

次に『イブニング・スタンダード』を広げると、第一面からジョン・ハリントンの苦痛にゆがんだ顔が目に飛び込んできた。刑事に取り囲まれている。

「有名な株式仲買人ジョン・ハリントン、インサイダー取引の容疑でベルグレイヴィアの自宅で逮捕される」

電話が鳴った。

友人のサラ・ジェームズの甲高い声が聞こえてきた。「可哀そうなジョンはひどいことになったわね」サラの声はとめどもなく続いた。窓の外に目をやると、ローワー・スローン・ストリートで、車が空気中に排気ガスをまき散らして走っている。プリシラは振り向いて、キッチンのテーブルに乗っている二誌の新聞に目をやった。半狂乱のジョン・ハリントンの顔と、幸せそうなマクベス巡査の顔が並んでいた。

訳者あとがき

『ハイランド・クリスマス』『ゴシップ屋の死』に続くヘイミッシュ・マクベス巡査シリーズの邦訳第三弾です。

スコットランド、ハイランドの美しい村ロックドゥで、のん気で幸せに暮らしているマクベス巡査ですが、ある日ロンドンから夫婦が越してきてB&Bを始めると、何やら村に不穏な空気が漂い始めます。越してきたその女性トリクシーは〝完璧な主婦〟でした。村の女たちはすぐに彼女に感化されます。彼女は低カロリーの食事への改革、禁煙、野鳥保護、環境保護活動などに村の女たちを巻き込み、男たちはみんな恐慌をきたします。ところが、そんな完璧な主婦にも裏の顔が。それが明るみに出始めた頃、彼女は何者かに毒殺されてしまいます。彼女を憎んでいる人は大勢います。犯人はいったい誰？

マクベス巡査の宿敵ブレア警部や、最愛の女性プリシラ、癖の強い村人たちなど、毎度おなじみの面々がドタバタと動きまわる中、今回もマクベス巡査が、鮮やかに？　犯人をつきとめます。

前二作同様、ハイランドの厳しくも美しい自然と、愚かしくも愛おしい人々の対比が秀逸で、面白い読み物になっています。

本書はたわいもないミステリーですが、テーマがあるとしたら、女性の社会進出や専業主婦の問題でしょうか。村の医師ドクター・ブロディーの妻アンジェラは知的な女性ですが、有能な主婦とは言えず、家の中は散らかり放題。内心、ひどい劣等感にさいなまれています。自分は主婦失格だと。それゆえ、完璧に主婦業をこなすトリクシーを盲目的に崇拝してしまいます。かく言う訳者も家事が得意とは言えず、周囲の有能な主婦たちにいつも劣等感を覚えているので、大変共感を覚えます。そういう女性はもしかしたら多いのかもしれません。「村の女たちは、学校を出るとすぐ結婚して、社会に出たことがなく、自分で稼いだこともない」という箇所があり、田舎とは言え、男女格差が日本ほど大きくないらしい英国でもそうなのかと、意外に思いました。昔とは違い電化製品やら何やらで、家事は格段に楽になり、それゆえ、かえって専業主婦は主婦業を完璧にこなさねばというプレッシャーが大きいのかもしれません。

結局、完璧な主婦を目指したアンジェラでしたが、トリクシーの洗脳が解けると元に戻り、オープン大学（英国の通信制の大学ですが、優秀な人物を輩出しているそうです）で科学の学位を取ることにします。この辺りに何か救いを感じます。
また、マクベス巡査と地主の娘プリシラ・ハルバートン・スマイスの恋の行方も気になるところですが、今回も、やきもきさせられるだけのようです。

二〇二四年十月

松井光代

著者プロフィール

M.C. ビートン

1936年、スコットランド生まれ。2019年12月30日没。推理作家。1979年のデビュー以来、ロマンス、ミステリなど多くの作品を生み出している。1985年にM.C. ビートン名義でスコットランドを舞台にしたミステリ「ヘイミッシュ・マクベス巡査」シリーズを発表。BBCスコットランドによりテレビドラマ化され、高視聴率を記録した。

訳者プロフィール

松井 光代（まつい みつよ）

奈良県生まれ。大阪大学大学院文学研究科独文学修士課程修了。公立高校の英語教諭、奈良女子大などのドイツ語講師を経て、英日、独日の翻訳家となる。訳書に、マクベス巡査シリーズの初邦訳となった『ハイランド・クリスマス』『ゴシップ屋の死』のほか、『天使が堕ちるとき』『ローン・ボーイ』（以上、文芸社）『あの人はなぜウンと言わないのか』（朝日選書）などがある。

完璧な主婦の死　マクベス巡査シリーズ

2025年1月15日　初版第1刷発行

著　者　M.C. ビートン
訳　者　松井 光代
発行者　瓜谷 綱延
発行所　株式会社文芸社
〒160-0022　東京都新宿区新宿1－10－1
電話　03-5369-3060（代表）
03-5369-2299（販売）

印刷所　株式会社エーヴィスシステムズ

ISBN978-4-286-25723-5